JN001684

宗像大社の社僧

色定法師

生涯40年かけて一切経五千巻を書写

大垣堅太郎　著

櫂歌書房

目次

はじめに

この小説は、鎌倉時代の初めに仏典のすべて「一切経」を、ひとりで書写したお坊さんの物語です。彼は筑前・宗像《むなかた》社（現福岡県宗像市の宗像大社）の社僧・色定《しきじょう》法師です。当時は神仏習合の時代で、神社の境内に神宮寺があり、社僧は神官と共に世の安泰を祈願していました。

しかし、お釈迦様が入滅して千年以上たって「末法」の時代に入り、しかも源平の戦いで皇統が途絶えそうになったので、平穏な時代に戻ってほしいという願いを込めて、法師は二十九歳の時、五千巻もの仏典を単独で書写することにしました。その偉業「一筆一切経」は安貞二年（一二二八）、彼が七十歳の時に達成されました。それからまもなく八百年になります。

一切経の書写に生涯をかけた不屈の法師の夢語りは、母の美しい歌声で始まり、法師を称える子供たちの手まり歌で幕を閉じます。
末法の世は、まだ続いているのでしょうか。平和な時代が来ることを祈りながら読み通していただければ幸いです。

不屈の色定法師

『梁塵秘抄』の歌

クスの若葉が皐月《さつき》の風に揺れている昼下がり、筑前国の神郡・宗像社辺津宮《むなかたしゃへつ》境内の片隅から美しい歌声が聞こえてきます。あれは母上の歌声です。おそらく、西塔の横にある小さな池のそばの砂場あたりでしょう。どこかの童《わらべ》が砂遊びをしているのを見つめているうちに、後白河院が撰者といわれる『梁塵《りょうじん》秘抄』の今様の一節が口から発せられたに違いありません。

遊びをせんとや生《う》まれけむ
戯《たはぶ》れせんとや生《む》まれけん
遊ぶ子どもの声聞けば
わが身さへこそ揺るがるれ

さらに輿に乗ったのか、母上は童心にかえったように歌っています。

舞へ舞へ蝸牛《かたつぶり》
舞はぬものならば
馬《むま》の子や牛の子に
蹴《く》ゑさせてん
踏み破《わ》らせてん
実《まこと》に美しく舞うたらば
華の縁まで遊ばせん

そこへ、拝殿での勤めを終えて出て来た巫女姿の姉が、ほほ笑みながら近づいて来ました。姉上と、社僧の私こと良祐と、神職見習い中の弟・兼久は、この歌声の母から生まれました。

姉上がすれ違いざまに私に耳打ちしました。

「歌っている時の母上は幸せそうね。そのうち仏様の歌に変わりますよ」
そのとおりでした。やがて法華経の歌が響いてきました。

法華は
いづれも尊きに
この品《ほん》聞くこそ
あはれなれ
尊けれ
童子の戯《たはぶ》れ遊びまで
仏に成るとぞ
説いたまふ
いにしへ
童子の戯れに

不屈の色定法師

砂《いさご》を塔と
なしけるも
仏に成ると
説く経を
皆人持《たも》ちて
縁結べ

平安末期の保元三年（一一五八）生まれの私は、この頃まだ小僧です。西塔に近い経所で眠くなり、経典から目を離して耳をそばだてました。法華経の歌は『梁塵秘抄』方便品の九首の中の六、七首目です。その意味は

「法華経はどの品も尊いが、この方便品の教えを聞くのは特にありがたいことだ。童子の遊戯までも、それが縁となって仏に成る、とお説きになっている。昔、童子が遊戯として、砂を集めて仏塔を造り、供養をまねたが、それがもとで仏に成る、と説く法華を、すべての人が受持《じゅじ》して得道の縁を結べよ」

ということです。

母上はとても信心深い尼です。顔立ちもやさしくて、歌うのが好きです。毎日、どこかで歌っています。「梁塵」とは、あまりに美しい歌声に、梁にたまった塵が落ちるほどだという意味ですが、母上の歌声もなかなか美しく親しみやすいのです。

私は晩年、色定《しきじょう》法師という名で知られた宗像社の社僧で、若いころは良祐と名乗っていました。父・兼祐は宗像社内の神宮寺にいる十数人の社僧の首席「座主」を務めていました。出自の詳しいことは知りませんが、佐伯氏の出身だそうです。佐伯氏といえば、真言宗の名僧・空海もその出身ですが、父上は厳島《いつくしま》社（安芸の伊都岐島）の宮司・佐伯氏の遠縁にあたるらしい。僧侶というより武骨な体つきで、鋭い眼つきと浅黒い顔からして厳格そうに見えますが、ときどき快活に笑います。

母上は藤原氏の出だそうです。正式には妙法という名前を持っていますが、あまり堅苦しいので、そう呼ばれたくないようです。しかも母上は「藤原氏といってもいろいろあって、私は北家とか南家とかそんな主流ではなくて、傍流ですよ」と謙遜します。しかし、中大兄皇子《なかのおおえの》こと後の天智天皇とともに蘇我氏を倒した大織冠こと藤原鎌足が晩年、仏教に帰依するようになった話をたびたび口にします。

鎌足が重い病にかかったとき、維摩《ゆいま》経の第五章の読誦《どくじゅ》を続けて病を癒したことから、維摩会《え》という法会が始まったといわれています。この法会は延暦二十年（八〇一）勅命によって奈良・興福寺で営まれるようになり、平安時代には最も権威ある法会でした。

「また、大織冠様がお出ましになるかな」。近くで父上の声がします。境内の僧座から経所へ向かう途中だったのでしょう。母上が大織冠の話を繰り返すたびに、父上はそのように口を挟むのが常です。

ここで物語の内情をお話ししておきましょう。

実は、いま私は長命を保ったものの寝たきりになり、八十余年の人生の旅路を思い返しているところです。人の一生には、さまざまな出来事がありますが、大事なのは何が起きたかということではなく、何が記憶されているかということでしょう。その点では、冒頭の場面が最も印象に残っている情景の一つなのです。

没後は、その前年に完成した木造の裸形着装坐像となって、宗像社に安置されているはずです。生前の私そっくりの坐像は半身に法衣をまとい、帽子をかぶり、顔をやや左前方に向けています。まるで生きているようだという評判の目は、少年時代のある日の境内の情景を見つめているのかもしれません。

三女神を祀る宗像社

宗像社は、玄界灘に浮かぶ「神宿る島」宗像・沖ノ島の沖津宮、筑前大島の中津宮、そして宗像の釣川の河口近くの田島村にある辺津宮という三宮からなる由緒ただしい神社です。三宮の祭神は、それぞれ田心《たごり》姫神、湍津《たぎつ》姫神、市杵島《いちきしま》姫神といいます。

『日本書紀』によると、素戔嗚尊《すさのおのみこと》は邪心が無いことを姉の天照大神《あまてらすおおみかみ》に示すため、自身の剣と姉の玉を交換し、天照大神が弟の剣をかみくだいて息を吹きかけたとき、その息の中から三人の女神が誕生したのだそうです。女神は天孫《あめみま》（歴代天皇）のまつりごとを助けるために、大陸との交通の要路にあたる「道中《みちなか》」に降臨したとされています。そこには絶海の孤島・沖ノ島があり、周りは荒れることで知られる玄界灘で、日本海と東シナ海につながっています。

そんな神社も、平安時代の国司によって定められる一宮制の下では、筑前国の中心・大宰府からは遠く、地方の一神社にすぎませんでした。そこで、社格を高めて大宰府の国司の締め付けから逃れようと、大宮司職設置を願い出て、天元二年（九七九）に都で宗像明神を崇拝していた藤原忠平の孫・頼忠が太政大臣の時に認められました。

ともかく、神話に満ちた宗像社の境内は神域になっていますが、神仏習合により、神前読経や神宮寺というこの国独特の宗教形態がここにもあります。つまり日本の神は、衆生とともに悟りを開こうと修行を積んでいる菩薩だとされているのです。

平安～鎌倉の時代には、神は仏・菩薩の仮の姿だという「本地垂迹説《ほんじすいじゃく》」が広がりました。例えば、天照大神（垂迹神）は大日如来（本地仏）とされています。

神宮寺の本地仏は、第一宮《ていいちぐう》（沖津宮）が大日如来、第二宮（中津宮）が釈迦如来、第三宮（辺津宮）が薬師如来というわけです。私の没後のことですが、本地仏は宗像社の川向かいに創建された鎮国寺に移され、南の許斐山《このみ》にある許斐権現社の阿弥陀如来、北の鐘崎にある織幡社の如意輪観音菩薩も安置され、合わせて五仏になります。

宗像社の境内の仏教施設としては、第一宮の神殿を囲む垣の中に、宝塔院・弥勒堂・東塔・西塔・僧座・東経房・西経房・鐘楼などがあります。このほか、のちに私の色定法師堂や唐本一切経堂も建てられました。鎮国寺が創建されるまでの神宮寺の中心は宝塔院で、平安時代から遣唐使の安全を祈願する社僧がいたのです。

神社では、神事とともに仏事も年中行事が組み込まれていました。毎月一日には最勝王経・仁王会仏事、八日（正月は一日）には本地講筵《こうえん》仏事が催されます。八月中旬に催される放生会《ほうじょうや》は、豊後国の宇佐や都の石清水《いわしみず》の八幡宮と同じように、国を守るためには殺生の罪を犯すこともあるので、この時だけは殺生や肉食を禁じ、捕えた生き物を解放する行事です。このほか、全国にある摂社・末社・権現社でもさまざまな仏事が予定されています。

先に触れた鎮国寺は、平安時代に空海が開山したと伝えられていますが、実際は弘長三年（一二六三）に、皇鑑という僧が当時の大宮司・長氏の支援もあって創建したのです。鎮国寺は真言宗御室《おむろ》派の寺院で、本山は京の仁和寺《にんなじ》です。

皇鑑は巡礼の途中、峰の周りが八葉の蓮に、山の形が三鈷《さんこ》（密教の法具）に似た屛風山を見て、ここは布教に適した霊地だと思い、宗像の第一宮は大日如来が姿を変えて現われた神であると考えたのだそうです。

常々、私は幼いころから思っていました。ここは神社なのに、両親の会話は仏教に関することが多いから不思議だ、と。いつも父上が大織冠のことでからかうと、母上は「維摩経は大切なお経なのですよ」と言い返します。

「日本の仏教は聖徳太子様によって広められました。『三経義疏《さんぎょうぎしょ》』を書かれた太子様は法華経によって一切のものの真の姿が表され、勝鬘《しょうまん》経と維摩経によって僧俗・男女の別なく広められたのです」

「確かにそのとおりじゃな。これでは座主のわしも出る幕がないな。わっはっは」。父上はそう返しながら頭をかくのが癖です。

承安元年（一一七一）、数え十四歳になったころの私の理解では、維摩経は仏教的精神にあふれた天竺《てんじく》（印度）の維摩という富豪が病床にあるとき、仏弟子たちとともに訪ねてきた文殊と問答を交わす物語です。

その中には、仏弟子の一人ひとりが維摩にやりこめられて手も足も出なかった話が描かれ、教説にとらわれてはならないのだという大乗仏教の教えがよく分かる、と父から聞いています。

すなわち「仏教の教えは、無我を説き、空を説いて、とらわれを捨てることだ。維摩経は、そのとらわれを捨てることを、身をもって体感することを説いているのだよ」と、父上は言います。

まだ少年の私にとっては、分かったようで分からない教えでした。それだけのことなら、多くの経典にいろいろ書き連ねなくてもよさそうなのに、と子供心に思うのでした。

経所の書棚には、種々の経典が積み上げられています。そのうち維摩経は一部分しかありません。いずれゆっくり読み込んでみようと思ってはいますが、法華経さえ読了していないのです。

法華経は「経王」と尊称され、写経供養のうえで最も重要な経典だと父から聞かされています。平安時代の貴族の日記などには、法華経の写経儀礼の記事が多くみられ、鎌倉時代にかけて仏舎利と同様、経典が信仰の対象になってきたそうです。

経典はいろいろありますが、経・律・論の三蔵を中心として、それに若干の中国撰述を加えた仏教の基本的な叢書を「一切経」または「大蔵経《だいぞうきょう》」といいます。鎌倉時代に入ったころ、私が伝え聞いたところでは、東大寺再興にあたった勧進聖《かんじんひじり》・重源《ちょうげん》は、関白・九条兼実から仏舎利と法華経などの写経を預かり、大仏の胎内に納入しました。また、真言律宗の祖といわれる南都・西大寺の叡尊《えいそん》は、講経の時に広げた経巻の中から数粒の仏舎利が湧出するという神秘的な出来事を体験したそうです。

宗像社は長承元年（一一三二）、火災のため社殿をはじめほとんどの建物が焼け落ち、書庫にあった一切経も焼失しました。原因は、神官と社僧の争いが発端ともいわれています。その後、少しずつ経典を取り寄せてはいますが、まだ十分とはいえません。

ですから、座主の父上も、社僧たちの師である学頭の良印様も、経典を入手することに頭を悩ませています。父上たちは、宋（中国）の商人たちが住む博多の大唐街や隣村・渡津（津屋崎）の唐房にいる人たちに依頼して漢訳経典を取り寄せることを考えているらしく、宗像社の大宮司・氏実に相談していました。

氏実の妻は、博多の王氏という宋人の娘で、長男の氏忠の妻も張氏という宋人の娘だそうです。つまり、この国の神社では珍しい国際結婚が続いているのです。王氏も張氏も博多に住む綱首《ごうしゅ》と呼ばれる貿易商で船主でもあります。彼らとの関係を利用して、中国から一切経の原典を入手したいと父上たちは考えているようです。

宗像大宮司家は、神職でありながら神郡・宗像を取りしきる領主のような存在です。治めている範囲は、東は遠賀《おんが》郡、西は糟屋郡、南は鞍手郡まで広がっています。糟屋の西隣には博多津があり、中国や朝鮮半島との交流が盛んです。

大宮司家は、初代・清氏、二代・氏男、三代・氏世までは伝説的な人物で、確かな存在といえるのは四代目の氏能かららしい。

前述のように、私が生まれたのは、二条帝が即位した保元三年です。氏能が大宮司に就いたのは、それより百七十年も前の一条帝のころです。大宮司家のその後の家系も複雑で、後継をめぐって壮絶な争いが起きたこともあり、氏実のように何度も大宮司職に就く者も少なくありません。

時代は武者の世へ

私の幼少期は、平安末期の「武者の世」へと変わるきなくさい時代でした。その前後には、保元《ほうげん》の乱と平治の乱が起き、源氏と王侯貴族を制圧した平氏の天下になりました。「平氏にあらずんば人にあらず」とうそぶいた平清盛は、大宰大弐という大役を経て安芸守に任じられ、厳島社へ詣でるようになりました。厳島社の祭神は、市杵島姫神など宗像社の三女神を勧請《かんじょう》（神霊を招いて祀ること）したものです。宗像とは縁が深いので、父・兼祐や学頭・良印様は清盛の動向に関心をもっているようです。

都では上皇たちが盛んに熊野詣でや春日詣でをしていると聞きます。偉い人がなぜ神仏に頼るのか、私は不思議でした。父上は「院政の権力者ほど、その源泉を神仏に求めるのだ」といいます。『梁塵秘抄』の今様にも、

華の都を振り捨てて
くれくれ参るは朧《おぼろ》けか
かつは権現御覧ぜよ
青蓮《しょうれん》の眼《まなこ》をあざやかに

と詠われているとか。
父上が声をひそめて言ったことがあります。白河上皇が熊野行幸で宝前《ほうぜん》（神仏の御前）にいた時、御簾《みす》の下から美しい手が差し出されたり、引っ込められたりしたのを不思議に思ったところ、ヨカノイタという巫女が神がかりになって
「世の末は手のひらを返したことばかりでありましょう」
と告げたという。
「それはどういうことでしょうか」と尋ねると、父上は
「つまり、上皇様は神仏と交信することによって世を治めようとしていたのではないか」と、さらに声を低くしました。
白河上皇は九回、熊野詣でをしましたが、鳥羽上皇は二十一回赴いており、出家して

法皇になって詣でた時には本宮の神前で金字一切経の写経を誓い、最後の参詣では金字の大乗経ほか合わせて四千七百余巻の一切経を神前に捧げ、神のご加護を賜るように祈ったといいます。

後白河上皇は、さらに多く三十四回も熊野へ出かけました。ある時、通夜しながら千手経を読んでいると、正面の鏡が輝いたそうです。感動した上皇が詠った今様が『梁塵秘抄』にあります。

万《よろず》の仏の願《がん》よりも
千手《せんじゅ》の誓ひぞ頼もしき
枯れたる草木もたちまちに
花咲き実熟《みな》ると説いたまふ

歌の意味が呑み込めずに首を傾げる私に、父上が説明しました。

「那智の神の本地は千手観音。上皇が千手観音を称えたので、鏡が光ったというわけじゃ。そこで上皇は、千手観音を本尊とする蓮華王院（三十三間堂）を京の法住寺殿御所に造営したといわれている」

上皇たちの熊野詣でに対して、平氏では厳島詣でがその役割を担っていました。清盛は永暦元年（一一六〇）に念願の厳島に赴きました。この年、彼は正三位に叙されて公卿の仲間入りをしました。その喜びを神前に報告したとみられ、以後、厳島を信仰するようになります。当時、彼は安芸守でしたが、厳島詣でのおかげで従一位の太政大臣にのぼりつめたのだそうです。

さらに、清盛は長寛二年（一一六四）、平家納経を厳島社に奉納しています。

「平家納経は、装飾の限りを尽くした一品経といわれている。もっとも、わしも厳島社の社僧から聞いただけで、実物はまだ見せてもらってはいないが、とにかく見事な出来栄えらしい」と師の良印様は目を細めます。

博識だが謙虚な良印様は、きれいに剃り上げた頭をかきながら解説します。平家納経は法華経二十八品と無量寿経、観普賢経、阿弥陀経、般若心経、及び願文各一巻を書写して金銅の筐に納め、宝殿に安置して平家一門の安泰を祈ったのだという。

平家一門の信仰が深まると、厳島社の宮司・佐伯景弘は朝廷に社殿の造営を願い出て、清盛の家人で安芸守になった頼盛が造営しました。京の内裏の神殿を思わせる大建築は、瀬戸内海を掌握した政権の象徴となりました。

清盛は承安四年（一一七四）、厳島社に後白河上皇と后の建春門院を迎え、門院は大日経と理趣経などを神前に供えたといいます。

「そもそも平氏はどのようにして勢力をつけたのですか」。父上たちの会話から平氏の勢いに興味を抱いた私は、話題を変えて聞いてみました。すると、師は膝を叩きながら応えました。

「うむ。もともと武士は、天皇や貴族を警護するのが役目だった。特に桓武天皇の皇子の流れをくむ桓武平氏が強くて、その中でも伊勢平氏は天皇家に仕えることによって勢力をつけてきた。伊勢平氏中興の祖・維衡《これひら》の曾孫で正盛というのがいて、白河上皇に接近して院の御所の北面を警護する北面武士や、検察役の検非遺使《けびいし》などを務めて活躍した」

「ははあ」

「正盛の子の忠盛が白河・鳥羽の院政下で重用され、伊勢などあちこちで国司を務めるうちに、経済的な権益を高めて内裏への昇殿を認められた。それは武士階級の地位向上を意味していたが、貴族たちから反発を買っていた」

「忠盛の子が清盛ですね」

「そういうことになっているがのう、本当のところは分からぬ」と父上は首を振ります。

「えっ」と私が目を丸くすると、父上は
「まあ、そこは深く考えなくともよい。とにかく『梁塵秘抄』の今様にもうたわれているとおり、厳島社は備後国の吉備《きび》津宮とともに西の武の神とされ、清盛は熱い信仰心を持っているようじゃ。そのうえ、彼は後白河院と二条天皇の双方に気配りをして実権を握っていた」

「へえー」

「それについては、関白・九条兼実の弟で天台座主となった慈円が面白いことを言っているそうな」

「なんと」

「いや、これは伝え聞いた話なのだが、慈円は清盛が天皇と上皇の間を行き来してご機嫌を取ったさまを『アナタコナタシケル』と評しているそうだ」

「あは」

「とにかく、清盛は武力だけでなく、経済面でも実力をつけているようじゃ。なにしろ、忠盛の時代から瀬戸内の海賊などを追いはらって西海に進出し、後院領の肥前国神崎荘を拠点に日宋貿易の利権をほしいままにしたのじゃ。わが国は宋とは正式な外交関係はなかったから、これは密貿易だ」

「なるほど」

「慈円はまた、この武家台頭の時代を『コノ世ノカハリノ継目』と見ているそうじゃ」

「ははあ」

氏実が宗像社の大宮司に初めて任じられたのは永暦元年（一一六〇）。源頼朝が平頼盛の郎党に捕えられ、伊豆に流された直後でした。氏実は鳥羽天皇の皇后だった美福門院から補任され、さらに永万元年（一一六五）、その第三皇女・八条院から二度目の大宮司に任じられました。つまり、宗像社の本家は八条院なのです。

平安時代の上皇すなわち太上天皇は院政を敷き、経済的には広大な荘園を支配していたので、荘園は院政を支える経済的な基盤です。氏実は安元二年（一一七六）、三度目の大宮司職に就きます。

しかし、源頼政が後白河天皇の第二子・以仁王《もちひと》に近づいて平氏討伐に立ち上がったとき、平清盛は王を捕えようとして八条院庁を包囲しました。それ以後、清盛は宗像社領を没収し、異母弟の頼盛に与え、平盛俊を預所職に任じました。宗像社領は平家方のものになったのです。氏実は、その後も二回、大宮司職に就いています。

「院政というのはどういうことですか」と、父上に聞いたことがあります。

「うむ。一言でいえば、天皇が若い東宮に帝位を譲って上皇となり、あるいは出家して法皇となったあとも政権を握っていることじゃ」

院政は、白河院のもとで堀河・鳥羽・崇徳という三天皇の四十三年間、さらに鳥羽院のもとで崇徳・近衛・後白河という三天皇の二十七年間にわたって続きました。

後白河帝の時代に政権を握ったのは、学者の家系から出た有能な信西《しんぜい》（藤原通憲）でした。彼は妻が後白河帝の乳母だったこともあり、帝を支える実務家でした。先ほど良印様が触れた肥前国神崎荘も信西が土地を知行（支配）したのだそうです。清盛の日宋貿易も、その延長線上にあるようです。

「しかし、世の動きは激しく変わるものじゃのう」と、良印様は嘆かわしそうに話を続けます。その後の師と父上との会話を聞いていると、私は頭がこんがらがってきます。

信西と対立した人物に藤原信頼がいました。その父は忠隆といい、その六代前は道隆です。三人の娘を中宮にして摂関権勢の頂点を極めた道長の兄で、『枕草子』を書いた清少納言が仕えた中宮・定子《ていし》の父親です。忠隆の妻は崇徳天皇の乳母であり、その妹は後白河天皇の乳母だったという縁で、信頼は後白河帝に親しく侍ることになったという。

後白河帝をめぐる信西と信頼との対立は、武力衝突を引き起こします。平清盛は熊野詣でに出かけた折、平治の乱の報に接しました。信頼と源義朝の連合軍が蜂起して、後白河院と二条帝を幽閉したのです。

清盛は平治元年（一一五九）十二月、急いで軍勢を整えて帰京。天皇を六波羅の自邸に引き取りました。その時点で清盛側は官軍となったのです。

平治の乱で実質的に平氏の大将を務めたのは清盛の長男・重盛で、まだ二十三歳だったそうです。そして、彼は総勢三千余騎を前に、こう言ったそうだ、と付け加えて良印様は笑いました。

「年号は平治、都は平安城、われらは平氏だ。平が三つもつくのだから、敵を片付けるのはわけないことだ」と。

実際、信頼は退散し、源氏方では義朝の長男・悪源太義平が奮闘しましたが、及びませんでした。

戦いのあと、平家一門に任官の式が行われ、清盛は正三位、長男・重盛は伊予守、次男・基盛は大和守、三男・宗盛は遠江守、清盛の異母弟・頼盛は尾張守にそれぞれ任ぜられました。

頼盛は、清盛のあとの大宰大弐になっています。清盛は大宰大弐になっても京都にいて、現地は目代（代官）に任せていましたが、頼盛は自ら大宰府に乗り込み、日宋間の密貿易の実権を握り、九州の武士たちを平家武士団に組織しました。

このころ、宗像大宮司家は平家の家人だったのですが、その後、源平の争乱が始まり、宗像地域も安穏としてはいられなくなるとは、誰も予想していなかったに違いありません。

善財童子の求法の旅

両親や師の話がはずんだ日の夜、私は夢を見ました。

周りはぼんやりしていますが、暗くはない。どこからか現われた少年が、山道を小走りに登っていきます。自分より幼い七、八歳くらいの少年ですが、たった一人で旅に出たところらしい。腰に水を入れた竹筒を下げているだけです。

「なんだか身に覚えがあるような男の子だなあ」。私は、その姿に目を凝らしました。そうだ。良印師から話を聞いたことのある華厳経の入法界品《にゅうほっかいぼん》という物語の主人公「善財童子」に違いない。

「甘いぜんざいのことじゃないんだぞ」。かつて、師が笑いながらたしなめたことが思い出されます。童子は母の胎内に宿った時と生まれた時に奇瑞《きずい》があったので善財と呼ばれたが、もともと裕福な家に生まれたらしい。

少年は仏教の法を求めて五十三ヵ所を回り、延べ五十四人の先生たちを訪ね歩く旅に出ました。仏教の先生のことを「善知識」といい、初めに「知恵」を代表する文殊菩薩に励まされて出発します。求法《ぐほう》の旅は南へ南へと続きます。

善知識とはいえ、その間に教えを受けるのは、偉い人ばかりではありません。菩薩、男性の出家者「比丘《びく》」、女性の出家者「比丘尼《びくに》」、在俗の女性、波羅門《ばら》（印度古来の波羅門教を支配する階級）、出家の外道《げどう》、仙人、神々、国王、長者、医者、船大工、少年少女などさまざまです。最後にたどり着くのが五十四人目の善知識で、普賢《ふげん》菩薩という「行」を代表する菩薩でした。

童子が最初に出会ったのは、可楽国の和合という山中に住んでいる功徳雲比丘で、童子に念仏三昧を教えます。さまざまな念仏三昧に徹していると、童子は信心ということが分かりかけてきたような気がします。

次に教えを受けたのは海雲比丘でした。その教えを聞いていると、海の上に蓮華が浮かんでいて、その上に一人の仏が結跏趺坐《けつかふざ》しています。そして普賢経という経典を説いています。彼は千二百年もこの経を唱えてきましたが、その他のことは知らないという。

「こりゃあ、大変な修行だなあ」

私は、童子が次々に訪ね歩く善知識の教えが延々と続くことに驚きました。それでも童子は不惜身命《ふしゃくしんみょう》（仏道のために身命を惜しまないこと）の心構えで旅を続けます。そして、五十一番目にやって来たのは弥勒《みろく》菩薩のところでした。

この菩薩は、釈迦如来の次に世界を救う仏だと聞いています。しかし、まだ修行中で、なんと五十六億七千万年後に世に現われて衆生に法を説くのだといいます。

「仏教の世界は、なんとも計り知れない奥深さだなあ。社僧の家に生まれた自分は何をすればいいんだろう」。私は頭が痛くなりました。さらに弥勒菩薩は言います。

「すでに大願を成就して一所懸命に衆生を済度している。これからは文殊菩薩と普賢菩薩を訪ねて教えを受けなさい」

困り果てた童子は、さめざめと泣いてひれ伏し、合掌しながら「そうおっしゃらずに教えてください」と懇願しました。

結局、弥勒菩薩が説いたのは「菩提心《ぼだいしん》」でした。菩提心は仏道の出発点だ、と師から聞いたことがあります。華厳経では「初発心時、便成正覚《べんじょうしょうがく》」といわれ、出発点に立つやいなや、もう到着点に来ている、というのです。すなわち、菩提心は仏道の根幹ということらしい。弥勒菩薩は童子に言います。

「菩提心を起こせば、無量の功徳を受けることになる」

弥勒菩薩に導かれて入ったのは大きな楼観で、見事な宝石などの装飾品がちりばめられ、さらに進むといくつもの楼観があり、目が回りそうです。中は広々として無数の旗がはためき、金鈴から妙なる音声が響き、かぐわしい雲がたなびき、輝かしい光明が放たれています。

「ここは極楽浄土か」。童子の心は信じられないほど和らぎます。そして、弥勒菩薩の勧めで、もう一度文殊菩薩を訪ねていきます。童子を最初に仏道の旅にいざなった菩薩です。そこで信心の大切なことを教えられます。

最後に訪ねた普賢菩薩は座禅を組んでいて、何にも執着しない心を持ち、一つひとつの毛の孔から無数の光を放って世界を照らしています。そして、立ち上がると、童子に言います。

「仏は一切の世間を超越し、有無を離れている。本性は虚空のようなものだ。たとえ海中のしずくを数えることができても、また虚空を量ることができても、仏の功徳を説きつくすことはできない。この法を聞いて喜び、信じて疑うことのない者は、究極に目覚めて諸仏と等しくなるだろう」

これが入法界品の結びですが、華厳経の結末は、実は究極の目覚めへの出発点になっているようです。善財童子にとっては、さらに法を求めていく門出になっている、ということらしい。華厳経における入法界品が何を教えようとしているのか、私自身も究める旅路に出かけなければならないのでしょうか。夢の中で善財童子の前に弥勒、文殊、普賢と次々に現われた菩薩たちの影がいつまでも脳裏に焼きついています。夢から覚めた私は、菩薩たちの教えにめまいを起こしそうになりました。

弥勒菩薩といえば、五十六億七千万年後にこの世に現われて人々を救済するという話がありました。平安時代の人々は、弥勒菩薩の法会に接して極楽往生を願うため、法華経、阿弥陀経、般若心経などを読んだり、書写したり、経筒を埋納したりしたのです。

いま思えば、善財童子の長い旅路の夢を見たのは、一筆一切経を達成しなければならない私の宿命を暗示していたのかもしれません。一筆一切経というのは、五千巻以上もある仏教の漢訳本をひとりで書写することです。

末法の世の救済

それから六年ののち、ある日、僧座で師・良印様の教えを受けている時、私は問いかけました。

「ところで先生、この春から恵心僧都・源信が世に出した『往生要集』をひもといているのですが、阿弥陀仏が住む浄土は西方の十万億の彼方にあって、そこに生まれたければ阿弥陀仏をひたすら信じて念仏を唱えれば良いとのことですか、本当でしょうか?」

「そうじゃ。阿弥陀仏には慈悲あふれる四十八願があって、世に生を受けたすべての者をお救いになる。また、末法がきても無量寿経を百年間この世にとどめ置き、世の人を救いとって浄土に生まれさせようといわれている」

「人々は、なぜそれほどまでに極楽往生を願うのでしょうか」。その素朴な問いに、師は答えました。

「それは『往生要集』の初めに書いてあるとおり、この穢れた世界を厭い離れたいからじゃ」

「つまり地獄、餓鬼、畜生、阿修羅から逃れるためだけでなく、人間そのものの不浄さに気づいているからですか」

「しかも、この世に末法思想が広まったからじゃ」と師は応えました。

「やはりそのためですか」

「うむ。お釈迦様が入滅して千年後を正法、さらに千年後を像法、それ以後を末法という。すなわち末法の世になると仏法が衰えると昔の人たちは考えた」

「では、いつから末法の世の中に？」

「今年は治承元年（一一七七）じゃな。わが国では、釈迦入滅の年から千年、千五百年、も過ぎると末法の世になると信じられている」

「もう千五百年以上たっているのではありませんか」

末法の世は、ずっと続いていると考えねばなるまい。実際、戦乱や疫病や大地震などの災害が繰り返されると、人々の心は安穏とはしていられない。何とか極楽往生したいと思うのが道理というものじゃ」

「では、人々が不安から逃れるためにどうしたらいいのでしょうか」

「うむ。たとえば仏法が衰えた時に現われる弥勒菩薩様を一心に信仰するとか、阿弥陀様を拝んで念仏を唱えるとか、諸経を書写して経筒に納めてお供えするとか、いろいろじゃなあ」

「ははあ、そういうことですか」

「平安時代で一番豪華な例では、宇治の平等院に建立された阿弥陀堂がある。末法第一年の翌年、すなわち天喜元年に藤原頼通（道長の嫡男）が造営したものじゃ。寝殿造りが基本で、本尊が安置された堂の左右に両翼をもつので鳳凰堂《ほうおう》とも呼ばれている。本尊は仏師・定朝《じょうちょう》の作といわれる金箔で覆われた阿弥陀如来坐像で、建物の壁や扉には極彩色の阿弥陀来迎図《らいごう》が描かれている」

「ほほう」

「平家が厳島社に豪華な寝殿を造ったのも、一族が書写したきらびやかな平家納経を残したのも、末法の世に備えてのことじゃわい」

「なぜ、そんなに厳島社をあがめたてたのですか」

「清盛公が高野山に大塔を建立していた時、ある夢の中に老僧が現われて厳島社に奉仕すべきだと告げたそうな。そこで厳島社に参殿すると、末は従一位・太政大臣に立身するとの託宣があったと伝えられている」

「ははあ。でも、立派な神殿を造ったり、きれいな装飾経を納めたりするのは、栄華を極めた人たちだからできることでしょう。世の多くの人々を救うために、私たちができることは何でしょうか」

「そこじゃ。よく気がついたのう、良祐」。それから師の話は仏道の本筋に分け入りました。

「まず何から始めたらいいでしょうか」

「うーむ。そうじゃなあ。宗像社の神宮寺には経典がそろっておらぬ。おまえはまだ若いから、一切経を書写することにしたらどうじゃ」

「えっ、すべての大蔵経を、私ひとりで書写するのですか?」

「そうじゃ。経典は仏様の言葉だから、そのすべてをそろえるのは、仏様を大事にするのと同じことじゃ。それを世に広めるべく、受持、読誦《どくじゅ》、解説、書写すれば功徳があるのじゃ。あの『三経義疏』のうち法華義疏の聖徳太子自筆本四巻はわが国では最古のもので、なかなかの能筆だという」

「ほう」

「さらに『日本書紀』によると、天武天皇は書生たちに川原寺で一切経を写経させているし、奈良時代には写経所という官司ができた。そこでは写経用紙を整え、写経が済んで校正された経典を装丁する役割の人たちもいた。その中に宗形赤麻呂などという宗像ゆかりの人もいたようだ」

「そうですか」

「天平宝字二年（七五八）に東大寺社経所では、藤原仲麻呂の主導により、三千六百巻もの書写が行われた。ほかに光明皇后の病気平癒を願って大般若経六百巻の写経もなされたこともある」

「ははあ」

「また、宗像ゆかりの長屋王が発願して官人が写経した大般若経や、聖武天皇勅願の一切経もあったという」

「長屋王は、宗像の豪族・胸形君徳善の姫・尼子娘《あまこのいらつめ》が大海人皇子《おおあまの》（のちの天武天皇）との間に産んだ高市皇子《たけちの》の子ですね」

「そうじゃ。高市皇子は大海人皇子が大友皇子（弘文天皇）に対して起こした壬申《じんしん》の乱で活躍し、天武天皇亡きあと、持統天皇の時には太政大臣になったが、惜しくも若くして世を去った。『万葉集』には高市皇子の霊を弔う柿本人麻呂の挽歌が収められている。集中では最も長くて見事な歌じゃ。高市皇子の第一子として生まれた長屋王は、左大臣にまでなって将来が嘱望されたのだが、自害した」

「えっ、なぜですか」

「長屋王がひそかに国を傾けようとしている、と密告されたのじゃ。長屋王ばかりか、妻の吉備内親王や子息の膳夫王《かしわでのおう》、桑田王、葛木王、鈎取王《かぎとりの》らも自死し、王の屍は生駒山に葬られたという」

「そんな陰謀を企てたのは誰なんですか？」

「藤原不比等の四子、武智《むち》麻呂・房前《ふささき》・宇合《うまかい》・麻呂の連中だ。聖武天皇と藤原光明子との間に生まれた皇太子が死んだあと、藤原氏の権勢を維持しようと、光明子を皇后にしたかった連中が、邪魔になりそうな長屋王を消したかったのだろう。長屋王の屋敷を取り巻いて自死に追い込んだのじゃ」

「長屋王の発願で大般若経の書写が行われたほどならば、長屋王は仏教への信心が深くて、よこしまな道なぞ見向きもしなかったのではありますまいか」

「そうじゃのう。結局、冤罪だったということになったが、あとの祭りだ。先にあげた藤原氏の四家といわれる連中の言いがかりに違いあるまい。そのたたりといえなくもないが、新羅使が入国したり遣唐使が帰国したりしてから疫病（天然痘）がはやり、藤原氏四家の主な人物は次々に倒れ、一門による政権は大きな打撃を受けて藤原広嗣の反乱まで起きたのじゃ」

「ははあ」

朝の務めを終えて現われた父・兼祐が、師と息子のやりとりを聞いていたらしく、そこで口を挟みました。

「謀ったのは藤原氏四家の連中だが、お母さんは藤原氏の傍流の出だから、関係ない。気にすることはない」

「あ、はい」

「いや、これは失礼した。話を写経の歴史に戻そう」と良印様が頭をかいたあと、

「平安時代になると、写経は一段と盛んに行われた。また、藤原家のことではあるが」と断って、話を続けました。

「摂関政治の頂点を極めた藤原道長の『御堂関白記』によると、自邸で法華三十講義を始め、皇太后・研子《けんし》の女房たち三十人が法華経をひとり一品ずつ書写して無量寺院において供養をしたことが『栄華物語』に記されているという。最も華美な装飾経には例の平家納経のほかに、鳥羽上皇などが結縁《けちえん》者になっている久能《くのう》寺経がある。上皇の中宮璋子が出家して待賢門院となる際、近臣や女房たちが分担して執筆したそうで、金箔や銀箔をちりばめた料紙といい流麗な筆致といい、それは見事な出来栄えらしい」

「結縁とは、仏道に縁を結ぶということですね。そのためには装飾経でなくてはいけないのですか」

「いや、そんな豪華なものでなくてもよいのじゃ。問題は経典の中身をしっかり伝えるものであればいい」

話は私が取り組む写経のことに戻ってきました。そこで、疑問を出しました。

「でも、書写する前に、一切経の原典がなければいけませんし、まがりなりにも読みこなせなければ何のことやら分かりません」

「まあ、そうあわてなくてもよい。経典は追々取り寄せるなり、どこかの寺院で見せてもらえばよい。必要なら京や南都の知り合いにも頼んでみるわい。瀬戸内のあちこちや厳島社の近辺の寺の住持にも懇意な者がいる。とにかく一切経は、おおよそ五千巻もあろうから、じっくり息長く取り組んでいけばよいのじゃ」

「えーっ、五千巻全部ですか」。良祐は目を丸くしました。

「書写するのはお前ひとりだが、社僧たちには手伝うように命じておくわい」

「一体、これまでにひとりで一切経を書写した人がいるのですか？」

「おった。数年前に亡くなった藤原定信という人じゃ。平安中期の和様書道を完成させた藤原行成の五世の孫にあたる。例の久能寺経でも筆をふるっている人物で、当時は屈指の能書家といわれておった。彼は一切経を書写するのに二十三年かかったそうだが、春日社に奉納してまもなく神社の火災で惜しくも焼失したという。だから今、一筆一切経は国内のどこにもない」

「そうですか。それで私ひとりに書写せよとおっしゃるのですか……」。私は唇をかんで呆然としました。

これは長い修行の旅に出るようなものではありませんか。善財童子が多くの善知識を訪ねて旅を続けたことに通じます。いや、時間的にはもっと長い旅になるかもしれません。

その年の暮れ、母上が病の床につき、食もすすまなくなりました。家内では、花嫁修業中の姉上が巫女の勤めの合間に家事を受け持つようになりました。

鎌倉幕府の成立

のちに『平家物語』で「おごれる人も久しからず」といわれたように、一切経の書写の話が出てから四年たった養和元年（一一八一）、平清盛が病没しました。瘧《おこり》という原因不明の熱病に襲われたのだそうです。

巨星が落ちると、風向きも一気に変わりました。そこで宗像に伝わったのは、都の政情不安を伝える驚くべき情報でした。連日、父・兼祐たちが大宮司から聞いた状況は、おおよそ次のようなものでした。

源氏では当初、信濃国で挙兵した木曾義仲が都に攻め入りました。洛中は大混乱に陥り、後白河法皇はあわてて安徳天皇と三種の神器のひとつである神鏡をどこかへ移そうとしました。翌日、天皇と神鏡は院御所である法住殿へ行幸しました。しかし、法皇は比叡山へ逃げたのだそうです。

当時、平家一門を統率する立場にあったのは、清盛の子で重盛の異母弟・宗盛でした。彼は都落ちを決意し、天皇の行幸を促しました。天皇は宝剣と御璽《ぎょじ》（天皇の印）とともに出発。神鏡は一門の平時忠が持ち出しました。

この事態にあわてたのは公家たちで、三種の神器を持つ平氏を討つべきか、否かという議論が起こりました。そこでも結論は、平家を討つべしという後白河法皇の主張が通りました。

次いで東国から挙兵した頼朝の弟・義経が率いる軍勢が押し寄せ、孤立した義仲は近江で討たれました。平家の諸将は都落ち以後、四国の屋島を経て、いったんは兵庫の福原まで戻りましたが、一の谷で義経の奇襲に遭い、再び屋島に逃れたあとは、なだれを打つように後退するばかりでした。

「大変じゃ。平家の軍勢は西へ西へと敗退しているそうじゃ」

その後、大宮司家にもたらされた情報では、都落ちした平家一門は大宰府に逃げ、それも危うくなると、寿永二年（一一八三）安徳天皇を奉じて博多へ出たという。さらに箱崎・香椎から海路沿いに北上しているとのこと。

「すると、この宗像を通ってどこへ向かうというのか」。大宮司家をはじめ、周辺の小地頭たちは、どう対処すればいいか落ち着かないようすです。

波騒ぐ玄界灘を左手に見ながら、幼帝を守りつつ糟屋から宗像へ入った平家の一行は、ひそかに暗い夜道を進んで神湊《こうのみなと》から高向を経てやや山手をたどったらしい、と地元の漁師が伝えてきました。

「もしや宗像社へ立ち寄るのではあるまいな」と、案じる者もいました。しかし、一行は来ませんでした。どうやら湯川山（標高四七一米《メートル》）と孔大寺山《こだいしやま》（四九九米《メートル》）の間の垂見峠を経て、岡垣から葦屋・山鹿《やまが》へ落ちていったらしい、という情報が宗像社に届いたのは、夜が明けてからでした。

そして、元暦二年（一一八五）三月、関門海峡の壇ノ浦で最後の決戦が始まるという。平家方が手勢を集めるべく、宗像周辺の武士と船や水夫《かこ》（漕ぎ手）を集めている話も伝わってきました。しかし、宗像社が祀る三女神は「海神」ですが「軍神」ではなく、古来、どのような戦《いくさ》でも一方に加担せず、中立的な立場をとってきました。

「何をあわてているのだろう。今まで軍勢では平家のほうが勝っていたはずだ」

「いや、戦略や戦術では義経が率いる源氏に利があるというではないか」

「しかし、いずれに味方するのも考えものだ。ここはじっと見守るしかあるまい」

社内ばかりか、どこの集落でも、そんな会話がしきりに交わされていました。

実際、水軍の総力は平家のほうが優れていたはずですが、阿波・讃岐ばかりか熊野の水軍も源氏方についたり、関門の潮流が禍いしたりして形勢は逆転。平家の敗色が濃くなったのです。

源平の最後の合戦は凄惨を極めました。結局、平家の軍勢を率いていた知盛が安徳天皇の舟に乗り移って「見るべきほどのものは見つ」と天を仰いで敗戦を告げました。

すると、二位の尼・時子（清盛の妻）は「浪のしたにも都のさぶらうぞ」と宝剣を腰に差し、安徳天皇を抱いて入水しました。宝剣も海中に沈みました。御璽と神鏡は無事だったそうです。帝の母・徳子（清盛の次女）は源氏方に救助され、のちに建礼門院となって洛北・大原の寂光院に籠りました。

源義経は後白河法皇から、そして源頼朝からも宝剣を確保するよう命じられました。

のちに伝えられた話では、義経から宝剣探索命令を受けたのは、厳島社の宮司・佐伯景弘でした。景弘はもともと平清盛の家人で、安芸守として多くの社領を持っていました。彼は現地に赴き、多くの海人を集めて宝剣探索に当たらせました。

しかし、海底に沈んだ宝剣を探すことは、到底不可能です。天皇は三種の神器を伴わなければ、その地位を認められません。つまり、安徳天皇は事実上廃帝ということになります。朝廷では、宝剣探索と並行して諸社奉幣などが行われました。

「三種の神器の宝剣までも沈んだとは、一大事じゃ。神器がそろわなければ神武以来の皇統を護持できなくなる」と、大宮司の氏実以下みな衝撃を受けています。当分、拝殿で奉幣の日々が続きそうだ、と父上も深刻な顔をしています。

「まさに末法の時が来たのかもしれぬ。早く一筆一切経を書き上げて世の安寧を祈らねばなるまい」と、私をせかせるように言うのです。

なにしろ、宗像社の祭神である三女神は、航海安全を守る地方神であると同時に、天孫のまつりごとを助ける国家神でもあるのですから、皇統が途切れるという事態は、まさに青天の霹靂《へきれき》です。

しかも、宝剣の喪失は「武者の世」の到来を予告するものでした。皇位を継ぐ後鳥羽の周辺の人たちには、大局を考える余裕はなく、新天皇の元服、践祚《せんそ》、即位という儀式ができないことにいらだちました。

聞くところによると、都では「卜占《ぼくせん》」という古めかしい神事も執り行われているらしい。つまり占いです。亀の甲や鹿の骨を焼き、その亀裂で吉凶を占ったり、筮竹《ぜいちく》をつかんだ数が奇数か偶数かで判断することで、人智で判断できない場合に神の意思に委ねるのです。

それでも結論が出ず、後白河法皇は後鳥羽の即位に踏み切りました。神器不帯の新天皇も朝廷内部も不安定な状態に置かれました。伊勢神宮祭主・大中臣親俊が後白河法皇に贈った剣が宝剣とされるようになったのは、紛失から二十五年後の承元四年（一二一〇）のことでした。

建久三年（一一九二）、源頼朝が鎌倉幕府を打ち立てる過程で、宗像社領は無事安堵《あんど》されました。鎌倉幕府は九州の原田、菊池といった大豪族の所領は没収しましたが、中小武士は御家人として手なずけるほうが得策と考えたらしいのです。

当時、宗像社は合戦の間、源平のどちらにもつかず、しばらく様子を見ていたのです。かつて、継体天皇の二十一年（五二七）、倭政権に刃向かった「磐井《いわい》の乱」の時のように、慎重に形勢を見極めたのだと思われます。その結果、大宮司の氏実は五度目の職についたのです。

「それにしても、戦乱のすさまじさは、目を覆うばかりだったでしょうな。早く世の中が落ち着いてほしいものです。拙僧のできることは、ただ世の平安を祈ることしかできませんが」

学頭・良印様が嘆くのを聞いて、父・兼祐もうなずくばかりです。

「そのとおりですな。わしらは老いさらばえていくばかりだが、これから生きていく子や孫たちの行く末を思うと……」

「武家が実権を握って安定している間はいいが、幕府の内外で争いが起きれば、また源平合戦の繰り返しのようなことになるかもしれませぬ」

「いや、それればかりはごめんこうむりたい」

「今は戦乱で命を落とした人々の往生を祈ることしかできませぬなあ」

仏門の世界では、源平の戦いでこの世のものとは思えぬ変転に人生観が狂った人びとの話が広がっていきました。

「三位中将・平維盛は屋島から紀伊国へ逃れ、高野山の滝口入道を訪ねて二人の従者と共に出家した。それでも儚《はかな》いこの世に耐え切れず、熊野本宮を経て極楽往生を願って熊野灘で入水したというではないか」

「源氏の猛将さえも世を嘆いているそうな。一の谷で先陣を務めた熊谷次郎直実は、逃げ遅れた平家の若い武士を波打ち際で討とうとして、相手がおのれの子息・小次郎によく似ていたので、泣く泣く首を掻いたとか。その若武者は清盛の弟・経盛の子息・敦盛で、祖父・忠盛が鳥羽院から賜った名笛を腰に差していたという。まだ十七歳だったそうな」

戦後、その直実は所領の境をめぐって頼朝の前で争い、負けてしまいました。彼は憤って証拠の文書を投げ捨て、自らの髻《もとどり》を切って行方をくらませました。都に上った直実は法然様に帰依して法力房蓮生となり、念仏三昧の日々を送ったそうです。

父と師の会話から伝わる話を聞くにつけ、私は仏道にいそしむ自分たちの非力さを痛感しました。末法の時代は、まだ続くのか。終わらせることはできないものか。西国の神宮寺の一社僧としては、はらはらするばかりでした。

日宋交易の拠点

鎌倉時代に入って世情がやや落ち着いたころ、宗像社内の神宮寺の座主を務める父・兼祐は大宮司・氏実に相談しました。

「戦乱の時代が一応おさまりましたが、神仏の世界に携わるわれわれとしては、これ以上、不安な時代を繰り返してはなりませぬ。拙僧たちのできることといえば、経典をよりどころに日々務めを果たすことです。しかし、ここでは承元年間の社殿焼失以来、経典がそろわないため、神宮寺としての務めが満足にできませぬ。一切経を取りそろえたいと思っております。ついては、博多の宋商人から入手する手だてはないものでしょうか」

このごろ、めっきり老け込んだ兼祐は、声をふるい立たせながら氏実ににじり寄らんばかりです。

「うむ。表向きには、宋との交易は認められてはおらぬが、博多には日本との通商を求める宋の商人たちが住み着いていて、わしの妻の王氏もその一人じゃ。仁平元年(一一五一)には、大宰府の検非違使《けびいし》の別当たちが軍兵を率いて博多で大追捕を行った時、宋人の家など千六百軒の在家の資材などを没収したという。王氏の先祖がその中にいたかどうかは分からぬ。ただ、妻の父親はなかなかの人物で、神仏の世界にも理解があるから、娘をわしにくれたと思っておるのだが……」

「宋の綱首としては、交易のためには玄界灘の航海安全が大事だから、海の守り神を祀る宗像社の大宮司との縁を頼りにしたのでしょう」

「もちろんじゃ。宋の商人の中に、仏教に帰依して経典を持つようなご仁がいるかどうか分からぬが、そのつてで、宋の寺院に頼み込んで入手することができるかもしれぬ。平忠盛・清盛父子は宋との密貿易によって富を築いたというが、福原の大輪田泊から頻繁に密貿易船が出ていたわけではないようだ。むしろ、宋の商人たちのほうが日本との交易に積極的で、博多に唐房つまり中国人の家並みを形成して盛んに商売をしていたらしい」

父上たちの話では、名僧・栄西は仁安二年（一一六七）、鎮西に赴くと宇佐や阿蘇で渡海の無事を祈ったあと、博多の唐房に来て入唐に備えました。宋の貿易の窓口だった明州（のちの寧波《にんぽー》）には、同年四月に「大宰府博多津居住」の宋商三人によって建てられた碑文があると聞いています。彼らこそ博多と大陸との交易を担った綱首でした。

「銀とか絹とか彼らが求めるものを与えれば、その見返りに経典を持ってきてくれるのではあるまいか」

「うむ」。初めは氏実の反応は鈍かったようです。彼は根っからの神官で、仏門の人ではないからやむを得ません。そこで、父上は信仰心につながる話を持ち出しました。

「あの空海様は、遣唐使の船に同乗して嵐に見舞われたとき、一心にお祈りしたところ不動明王が現われ、無事に唐へ渡ることができたといわれています。帰国された空海様が宗像社にお参りしてご加護のお礼をされたところ、釣川を隔てた屏風山に瑞雲がたなびき始めて、寺院（のちの鎮国寺）を開山する話が持ち上がったと伝えられています。日宋貿易が成り立っているのは、無事に航海ができるからでしょう。そのためには、商人といえども信心深くなければなりません。沖ノ島は玄界灘の航海安全の神様なのですから、宗像社もそのお役に立ってもらいたいものです」

「うむ。さすがは神宮寺の座主じゃのう」。氏実は腕組みをしたまま考え込んでいます。そこで話が途切れたようです。間をつなごうと、ふたりの席に茶を運んできた私に、父上が言いました。

「これ、茶よりも、大宮司様にお神酒を差し上げろ」。父がたしなめるように言います。

「はいはい」

母上が寝たきりになってから、父も足腰が弱り、足元がおぼつかないようです。私は、たまたま嫁ぎ先から帰っていた姉上に頼んで、酒と肴の用意をしてもらいました。酒宴が始まっても、父上はもっぱら氏実に酌をするばかりで、自分はあまり独酌もしないようです。

「老けたなあ」。ふと、私は感じました。そして、対談を隣室で聞くともなしに聞きながら、一切経の原典の話が前に進むのかどうか、はらはらするばかりでした。もうすぐ二十代も半ばにさしかかるので、一切経をひとりで書写するのは早くとりかかるほうがいい。

その夜、父から聞いた話では、博多に住む宋商人の中には、周辺の山々に経筒を埋納する例があるという。

平安時代の初めごろ唐に渡り、帰国後に『入唐求法巡礼行記』を書いた天台宗比叡山延暦寺第三世座主の慈覚大師・円仁《えんにん》が如法経（法華経）信仰を広めてから、日本でも経塚が造営されるようになり、北部九州でもそういう話が始まったらしい。

大宰府の北山では、保安二年（一一二一）に清滝寺の僧が土地の安穏を祈って納めた経筒があり、その助成者の銘文に宋人とその妻子の名が記されているという。

「おそらく博多に住む宋人海商で、航海安全を祈願したのだろう」と父は言います。

また、糟屋の首羅《しゅら》山の白山神社にも経塚があり、最も古いのは天仁二年（一一〇九）

に納められたもので、台座の下部に宋人らしい名が墨書されているという。また、宋風の石像獅子一対など珍しいものも残っているそうです。

「あの一帯には安楽寺領荘園がある。荘園にかかわる経塚だろうが、そんなところまで宋人がかかわっているとは……」

そこへ、夜のお勤めを済ませた学頭の良印様が姿を見せて話に加わりました。

「このまえ、糟屋の長老から聞いたところでは、天治二年（一一二五）須恵の佐谷観音谷にも経塚が五個納められたそうだ。発願者は宋人の馮榮《ひょうえ》という商人で、退職した大宰府の官人らしい人名もあり、如法経を数人の僧侶が書いたそうな」

「ほほう、筑前のあちこちで経塚造営が盛んだったのだなあ」

兼祐がうなずくと、良印様が付け加えました。

ただ、これまでの経塚造営は、大宰府など天台宗の関係が強かったようです。そのあと浄土信仰が盛んになり、やはり大宰府を中心に広がったそうです。恵心僧都・源信が著した『往生要集』が評判になったのも、大宰府の観世音寺で講説が行われてからだという。彼は博多に来た時、宋の商人に『往生要集』を手渡し、宋の国でも布教するように頼んだらしい。

その後、同書が宋の浙江省天台山の国清寺に納められると、好評を博したらしく、一堂を建てて供養し、源信の肖像を求めてきたという。彼が画家に描かせて宋に送ったところ、廟を建てて『往生要集』とともに安置・供養したと伝えられています。

「あれを読むと、だれしも恐ろしい地獄に落ちたいとは思うまい。みな極楽浄土へ行きたいと願うのは必定じゃ」と良印様。

さらに、観世音寺の再建に協力した人たちが法華経を書写して現世の安穏と来世の極楽往生を祈ったという。その中には宗形光任という名もあり、おそらく宗像出身の発願者だろうとのこと。

母上が言うには、源信と思われる偉い僧が比叡山の横川《よかわ》にいたことが『源氏物語』の宇治十帖に登場するという。源信は寛弘元年（一〇〇四）、権少僧都に任じられたが、辞退して横川に隠遁したと伝えられています。

また、大江匡房《まさふさ》の『続本朝往生伝』には、大宰府・極楽寺の能円や安楽寺の安修などが念仏を唱えて臨終を迎えた話が伝わっています。

そのころから筑前の寺院も畿内の有力寺院と本末関係を結んでいます。観世音寺が東大寺の傘下に入ったし、竈門《かまど》山寺や安楽寺も比叡山延暦寺の末寺となりました。また、末寺関係ではないのですが、宗像社境内にある第三宮《ていさんぐう》の灯火は比叡山の根本中堂から受けたのだそうです。ということは、宗像社も昔は天台宗と何らかの関係があったのでしよう。

のちに創建された鎮国寺境内には、筑前では最古級の阿弥陀如来坐像の板碑があり、奥の院の岩窟には釈迦如来の線刻も残されています。また、末法の世の安穏を祈願したり、雨乞いをしたりするために埋納された経筒もあるそうです。

平安末期には、勧進僧が人々に仏の功徳を説いて布施を集め、寺院や仏像を造り、写経などをすることも盛んになりました。筑前では、極楽寺の能円が勧進活動を熱心に行い、渥宴《せんえん》という勧進僧が貿易で得た資金で観世音寺の伽藍を再建したという。

それは単なる寺院開基のためだけということではないらしい。良印様が奈良で修行中のころ聞いた話では――。

天平時代、光明皇后は救ライ（ハンセン病）活動のために悲田院や施薬院を設置しました。聖武天皇は東大寺建設とともに救ライ事業も続け、忍性上人がライ患者のための慈善施設を設けました。それは奈良・北山の般若寺が拠点で、寺の門前には多くのライ患者がいました。彼らは仏の化身ともいわれ、寺の善財童子造像願文には「善財童子はライ者となって現われる」と書かれていたそうです。

「大宰府の極楽寺もそのような施設だったと伝えられている。その跡は田畑になり、本村と新村という二つの村になったと聞いておる」

「大宰府の極楽寺といえば、その昔、千日講を勤めた聖がいて、講が終わったら死ぬと宣言したそうな。ところが途中で病にかかったので、人々があれは仮病だと噂しているうちに、聖人は阿弥陀経の念仏を唱え終わると、西の方へ消えたという。そんな話が『今昔物語』にありましたなあ」と兼祐が語ります。

私は不思議な話の成り行きに眉をひそめていました。

「いずれにせよ、筑前でも末法の世になって、さまざまな動きがあるものですなあ」と、良印様が本筋に戻します。

「そのような変化の背景にはどういうことが考えられますかのう」。父上が良印様に問いかけると

「はい、たとえば東大寺は末寺となった観世音寺を介して、高麗版の大蔵経を輸入しています。つまり、宋や高麗の文物が北九州を通して中央に伝わるようになったことを意味するのでしょう」

「なるほど。九州は宋や高麗に近く、畿内よりは文物を入手しやすいことは確かじゃ。ともかく博多の宋商人の手を借り、なるべく早く一切経を取りそろえたい。学頭としても協力してくれ。わしの代で無理なら、良祐の代までも力を尽くしてもらいたいものじゃ」と、兼祐は話を先へもっていきます。

自分の名まで出てきたので、私は目を丸くしました。良印様から教えたもらったところでは、一切経は「経・律・論」の三蔵を中心とし、それに若干の中国撰述を加えた仏教の基本的な叢書だということですが、私はまだ、三蔵のすべての内容を理解しているとはいえません。

「すなわち経典は、お釈迦様の教法を文章にまとめたものじゃ。お経のはじめに、如是我聞つまり、私はこのように聞いた、とあるように、お釈迦様の入滅後まもなく行われた結集《けつじゅう》によって「経」が成立したことを示しておるのじゃ。般若経を手はじめに、維摩経、阿弥陀経、法華経、大集経、華厳経、涅槃経、大日経、金剛頂経などが次々にできた」と、良印様からまるで読経するときのような口調で説明されたことが思い出されます。

一方、「律」はお釈迦様が弟子たちの悪行を戒めるためもの。「論」は、経典の要点を整理し、解説したもの。しかし、一切経は漢訳でも全部で五千巻もあるという。自分は、まだそのうち数巻しかひもといていない。どの経典も難しい漢字だらけで、読経の最中にも、母上が歌う『梁塵秘抄』のように心地よく響いてこないのです。

二十九歳で写経に着手

そもそも仏陀とは何者なのか。私は時々考え込みます。

第一に今から千数百年前、天竺つまり印度に実在した人物・シッダールタであることは確かなようです。彼は、ある都城の王子として生まれ、なに不自由なく育った。シッダールタという名前は「願望が満たされたもの」という意味だという。しかし、結婚して一子を設けた王子は思い悩みます。

「世の愚者たちは、老い、病み、死ぬことを忘れて、他人の老病死を毛嫌いするが、私は老い、病み、死ぬことを思い、快楽を避けて修行し、静寂の境地に到達したい」。

そう決心して二十九歳の時、六年間の修行生活に入りました。

だが、あちこちで修行しても解脱できなかったので、六年後には苦行をやめて瞑想生活に入り、ブッダガヤーの菩提樹の下で成道して仏陀になったという。なんともわれわれ凡人とは根本的に違う精神的な偉人です。

しかし、その時代に、その国に現われた偉人かもしれないが、千数百年も経過し、数万キロも隔てたわれわれからみると、仏陀という完全な理想像として思い描くことしかできません。

その理想像としての仏陀は、一人だけなのでしょうか。あるときは優曇華《うどんげ》の花が咲くように現われ、またあるときは大海を漂う盲目の亀がたどりつく浮木のようなものかもしれません。

逆にいえば、永遠に唯一の顕現として、時と所に応じて異なる名と姿とで出現する宇宙精神かもしれない。すなわち、万物は仏陀という法身の中に含まれるのでしょう。

そして法身は、あるときは仏陀、またあるときは菩薩、さらに明王などの諸天として現れ、全体的には「曼荼羅《まんだら》」という世界が構成されるという。

さて、この世に生きるわれわれは、その中のどの仏陀を思い描けばいいのでしょうか。あちこちに仏像や石仏や仏塔などかあり、また寺院や遺跡が建てられているのはそのためなのでしょうか。

いろいろ思い悩んでいるうちに、師の良印様が急逝してしまいました。棺の中の仏像のような亡き骸《がら》を見つめていると、師が私に何か言っているように思えました。荘重に営まれた葬儀のあと、境内に夜の帳がおりたころ、私は一切経の書写を始める意思を固めました。平氏滅亡の二年後のことです。

境内の経所には、古い華厳経六十巻があると聞いています。一切経の書写は、本来、大般若経から始めるものらしい。しかし、経所には大般若経が全巻そろってはいない。とりあえず手元にある経典から始めても問題はないでしょう。この先、何年かかるか分からないのだから、早く取りかかるに越したことはないでしょう。かつて夢に見た、「華厳経」入法界品に登場する善財童子の求法物語のように、長い旅路が始まるのです。

翌朝、私は父上に申し出て、書写を華厳経から始めることを誓いました。時に文治三年（一一八七）四月十一日のこと。二十九歳になっていました。

シッダールタが出家したのも二十九歳だったという。自分も同じ歳に一切経の書写を始めて、いつの日か達成すれば、仏陀と同じように成道という境地にたどり着くでしょうか。はるか遠い日のことを思いながら、長い間、一心に祈っていました。

まず、境内の西の経所に用紙、硯、墨、筆、文鎮を用意し、文机の上にそろえました。父の許可を得て書棚から借り出した宋版（東禅寺本）の華厳経六十巻本の第一巻を前に、しばし瞑目しました。

手元にある経巻は種々ありますが、主に宋の福州にある東禅寺や開元寺で印刷して折本にしたもので、寺の住持の名が記されています。

「このような印刷技術があるとは、すごいものだな。一切経をいちいち書き写すのではなく、木版活字で印刷すれば簡単だろうな。しかし、それではお経の一字一字を読み取る時の思いが深まらないような気がする」。あれこれ思い浮かぶ邪念を振り捨てるように、私は顔を左右に振りました。

境内の前庭のを掃き清めるお勤めが終わって経所の前を通りかかった神官姿の弟・兼久が、神妙な面持ちの良祐に気づいて足を止めました。

「兄上、何かお手伝いしましょうか」

「うむ、墨を磨ってくれないか」

「その前に水を汲んできます」

「そうであった。あははは」

ここは釣川の河口に近い。兼久が汲んできたのは、やや塩分を含む井戸水だが、ままよと思い直し、深呼吸しました。そして、一筆一切経の長い旅路が無事に続けられることを祈って合掌しました。

空海は嵯峨天皇、橘逸勢《はやなり》と並ぶ三筆の一人です。一切経を単独で書写した藤原定信も能筆だった。その足元にも及ばなくても、自分も幼いころからもう少し達筆になるまで練習すればよかった、と反省することしきりです。

始める前に、書写する経典に相当する料紙を整え、継ぎ紙を作ったうえで界線を引きます。一巻の紙数は約十六枚で、五千余巻の経巻を書写するには八万枚以上もの料紙が必要になります。

手伝ってくれる心昭と西観は、自分より年上の秀れた社僧です。学頭だった良印が亡くなる前、二人を呼んで、私の一筆一切経の作業を手伝うよう命じたという。西観は「料紙勧進僧」ともいわれるほど郡内外を回り、良質の料紙を準備してくれました。

座主の兼祐を手助けしている年配の社僧・道俗は墨、紙、筆、水を調達することに心を配りました。使いやすい筆は、大樹房や覚成房という社僧が博多から取り寄せてくれました。

また、料紙を提供してくれた人物では膳伴君貞、宗像氏真、それに佐伯氏の出だという女弟子にも助けられました。この女弟子は父・兼祐の遠縁の娘で厳島の生まれだそうです。既に黒髪を短く切っていましたが、知的で魅力的な雰囲気の女性でした。

彼女を連れて来たのは姉上でした。今は宗像社で神官や巫女の衣装をつくろったりする仕事についていますが、仏門を志しているのだそうです。若いとはいえない年ごろでしたが、なんとも立ち居振る舞いに気品があります。名を聞くと

「苑《えん》、と申します」と、きれいな声で応えました。

姉上の説明では、苑は都で平家方の女房に仕えていたが、源平の合戦で都落ちしたの

だという。あまりしつこく聞くのはどうかと思いましたが、なぜこの地に来たのか知りたくて問うてみました。

すると苑は、壇ノ浦の戦いで安徳帝や二位の尼らが乗った船の近くの小舟にいた時、源氏方の放った矢が水夫《かこ》に当たり、それを介抱しようとしていて波をかぶった船から落ちたという。

「その水夫が漕いでいた櫂《かい》にしがみついて海面に浮かんでいるところを、別の水夫に助けられました」

「そうか。激しい戦いで敵の船を討つために水夫まで射かけられたと聞いたが、そのあおりで犠牲になった女性《にょしょう》もいたのか」

「はい、平家が敗れたのは潮の満ち引きの具合だとか、源氏に加わった水軍が多かったなどと、いろいろいわれていますが、源氏方が平家の船の水夫まで狙い撃ちにしたこともありましょう」と苑は言う。

「ふむ。水夫がやられて、船を操ることがかなわぬと、敵の船に横付けされてしまうからのう。義経の八艘《そう》飛びも、そういう場面で脚色されたのであろう」

私は改めて壇ノ浦での凄惨な戦闘場面を思い浮かべて、暗澹たる思いに沈みました。

「命からがら陸にたどりついたものの、また都に帰るすべもなく、いったん厳島にとどまりました。でも、帝をはじめ多くの方々が落命されたのに、私のような者が生き延びて、相済まないことでございます。このうえは、源平いずれであろうと、亡くなった方々の霊やすかれとお祈りすることに身を捧げようと、いずれは尼僧になることに決めました」

「それはそれは」

「厳島社で聞いた話では、宗像社で良祐様が一筆一切経に全霊を懸けておられるとのこと。それは大変なお仕事だと思い、とりあえず何かお手伝いできることがないかと、博多へ下る船乗りに頼んで葦屋まで乗せてもらいました」

そう告白する苑の真剣なまなざしに心うたれました。私と苑の間には、親子ほどの年の開きがありました。数年前、私は周囲の勧めで妻帯はしたものの、妻は一度死産をした後、ほとんど寝たきりでした。壮年に近い年ごろだというのに、私は書写に明け暮れていたので、正直に言って初々しい異性を目の前にしてやや動揺したものです。

このほか部外者では、宋から来て博多の唐房に住み着いている綱首・李栄が墨を贈ってくれたり、料紙については隼人佑中原葉盛という東郷の地頭の係累や、覚祐という近くの寺の僧侶が届けてくれたりしました。

さらに、書写が終わった経典は、当初は自分自身が校合していましたが、のちには脊振山地にある雷山寺の定心という若くて優秀な僧侶がやってきて、泊り込みで熱心に校合を引き受けてくれました。始めのころ、奥書に校合者名を書く時、自分のあとに定心の名を並べていましたが、のちには彼の名を先に書いてやったものです。

雷山寺は鎮国寺と同じ真言宗御室派の寺で、奈良時代に怡土郡に七寺を開いた清賀上人の坐像があることで知られ、のちに千如寺大悲王院と呼ばれる名刹です。定心の話では、清賀上人の坐像は左に経巻、右手に念珠を持ち、読経する表情が活写されているそうです。ぜひ一度拝観したいものです。

加えてありがたかったのは、建仁二年（一二〇二）から建保三年（一二一五）にかけて、しばしば博多から宋の僧侶がやって来て、書写した経典の校正をしてくれました。例えば「阿毘曇毘婆沙論《あびどんびばしゃ》」という経典では紫沙門恵光ら六人の宋僧が校正に加わったのをはじめ、延べ十五人の宋僧が協力してくれました。宋僧の中には、のちに私が渡宋する時にいろいろと便宜を図ってくれた人もいます。

初めに取りかかった華厳経第一巻を四月十六日に書写し、六十巻すべてを書写し終えたのは、四ヵ月後の七月十二日のことでした。

文治三年（一一八七）七月、華厳経の五十巻を書写した時の奥書には、安徳天皇亡きあとの聖朝の安穏と天長地久、それに宗像社の本家安泰をはじめ父母姉弟などの安寧を祈ることを祈願することをしたためました。

同四年十二月、五部大乗経百九十巻の奥書には、経主の綱首・張成や李栄、時の摂政・九条兼実から万民までの安穏を祈るとともに、宗像社の本家、大宮司・宗像氏実とその妻子、神官や社僧、私の父母姉弟、写経に協力してくれるという社僧の心昭、西観たちの現世安穏と後生菩提、亡き師・良印様や祖父母などの極楽往生をも祈ることにしました。

そして書写するのは「一切一筆経書写行人僧」であり、五千巻に及ぶ経典の一字一句もおろそかにしないことを誓いました。

八月には唐本の「大乗大果地蔵十輪経」を書写しました。経主は博多の唐房に住む宋の綱首・張成です。これには東禅寺版のほか開元寺版も含まれています。いずれも福建省の寺院です。欠巻本があった時は博多の筥崎宮の経蔵から借りました。

このほか、宗像郡内で出向いた所は赤間の中道寺、土穴の大谷泰平寺、太山田の宗形氏能の居宅、福間の吉原寺など。域外では香椎の報恩寺、大宰府の有智山《うち》(竈門山寺)、遠賀の葦屋、もっと東の引野まで足を伸ばしました。泰平寺では三夜にわたる念仏講の間に書写したこともありました。

報恩寺は宋に渡ったこともある栄西様が創建した寺で、有智山は比叡山の末寺であり、いずれも写経の貴重な原本に接することができました。

彦山に籠って書写

一切経の書写を始めてから三年ほどたった春爛漫のある日のこと。

「お頼み申す」と太い声がして、三人の山伏が宗像社を訪れ、私に面会を求めました。先頭に立った先達らしい山伏は兜巾《ときん》をかぶり、袈裟と鈴懸《すずかけ》も身に着けていますが、後ろに従う若い者はざんぎり頭で笈《おい》を背負っているだけです。九州の山岳信仰の中心である彦山三所権現で修行中の者だという。

宗像の東に連なる四塚（城山、金山、孔大寺山、湯川山）のうち孔大寺山は、のちに大宰府の宝満山（八六三メートル）から始まる春の峰入りのルートの到着点になります。その山の八合目には孔大寺権現を祀る神社があり、しばしば修験者がやって来ます。この一行は、下山して鎮国寺の奥の院にも詣でたそうです。

挨拶を交わして茶の接待を受けた山伏たちは、私が一筆一切経に取り組んでいることを知っていて、先達らしい豊前坊と名乗る男がこう言いました。

「彦山霊仙寺の座主からの伝言ですが、一筆一切経のためなら、ぜひ、彦山に来られるがよい。静かな山上なら書写の仕事がはかどりますぞ」

「ほう、それはありがたい。書写が無事に進むように祈願してから取り掛かりましょう」

すると、豊前坊たちは三人が笈の脇に取り付けた水瓶《すいびょう》を差し出した。

「これは彦山で汲んだ霊水です。墨を磨るときには、ぜひ使われるがよい。彦山には倶梨伽羅《くりから》が宝珠を吐き出したという御池がある。その霊水で吉凶を占う神事が毎夏行われる。大和金剛山、近江竹生島《ちくぶ》とともに三大霊水といわれ、御池の水が濁ると天変地異が起こるとされている」

「ほほう。それはありがたい。だが、貴重な水瓶をカラにしては、彦山へ帰る途中に喉をうるおす水がなければお困りでしょう」

「いや、こちらの井戸水をいただければそれで結構です」

「さようか。あまりうまい水ではないのですが」

「なに、峰入りの山道では、たまり水をすすったこともありますわい」

「では、弟の兼久に汲んでくるように言いましょう。彦山には、この夏にでも参籠したいものです」

私は早速、建久元年八月から翌年七月まで彦山に滞在し、その池の霊水で墨を摺り、一筆一切経の書写を進めました。彦山の山中には霊仙寺を中心に多くの別院が建てられ、講衆や先達が住み込み、天台宗の山岳霊場となっています。修験者たちは、般若窟や霊屋窟といった洞窟で参籠しますが、私は座主のはからいで、霊山寺に近い別院の一室があてがわれたので、書写は思いのほか進みました。

写経に取り組むかたわら、諸国を回ってきた修験僧たちから面白い話を聞くことがありました。たとえば……。

悪行ばかりした男が閻魔《えんま》大王のもとに引き立てられるが、写経をしただけで許されてこの世に帰されたとか、坑に落ちて生き埋めになったのに、写経の功徳で助かったという類の話です。逆に写経をしていた僧が、たまたま堂内に雨宿りしていた女を犯したところ、二人とも命を落としたという話もありました。

特に印象深く思ったのは、百済から来た法師が般若心経を一心に念じていると、その口から出た光が部屋の壁を突き抜けて戸外の庭まで照らしていたという話。弟子の一人がそれに気づいて、翌日寺内で話題になりました。それを聞いた法師が言うには、般若心経を百遍ほど唱えて目を開けると、部屋の周囲の壁から庭の中まで見通せた。外に出て経を唱えながら部屋のほうを見ると、壁も戸も閉じているのに室内まで見えたという。

この話は、心経の真理に徹すれば、物質はすべて空・無になるという功徳を説いたものので、異僧の体から発光する例は高僧伝によくみられる話だという。

「写経の話ではないのですが」と、紀伊の国を巡ったことのある修験僧から聞いたという長い話を披露しました。

奈良時代のこと、熊野の寺に村人から慕われていた禅師がいました。ある時、法華経一部と水がめと縄製の椅子を持った旅の僧が寺に立ち寄り、山を越えて伊勢国に行くという。禅師は餅米の粉を包んでやり、在家の信者を付き添わせて見送りました。すると、旅の僧は翌日、信者たちに餅米の粉も返して帰らせたそうです。

それから二年ほど経ち、熊野川の上流の山中で読経の声がするのを村人が聞きました。声の出所を木こりに調べさせると、旅の僧の遺骸が高い岩の上から宙吊りになり、その傍らに水がめがあったという。なおも読経の声が続くというので、禅師も山奥まで入ってみました。その遺骨を拾おうと近寄ると、なんと髑髏《どくろ》のうち舌だけは腐らずに残っていました。これは尊者に違いない。法華経の霊験が現われたのだ、というのです。

「それは、『日本霊異記』か何かで読んだような気がしますが、改めて語り口のうまいあなた方の話を聞かされると、宙吊りの髑髏の生々しい舌の動きが目に見えるようで、今夜はなかなか寝つけそうもないですな」。私は思わず身震いしました。

一年近く滞在した彦山から下界へおりる日の朝、座主の老僧が言いました。

「ぜひ良祐様にお会わせしたい学僧がいるので、近いうちに宗像へうかがわせましょう」

「それは、どこのどなたですか」

「博多の油山の僧房で学頭をしていた聖光房弁長というお人だ。あなた様より少し若いくらいだが、比叡山で七年余り天台教学を修め、そこの碩学の師も感心したほどしっかりした人だ」という。

座主の話によると……。

弁長は、筑前国遠賀郡香月《かつき》の名門の生まれで、幼少期に親を亡くして十四歳の時に大宰府の観世音寺で受戒。伝教大使・最澄が入唐する時に開いたという香月の白岩寺で天台教学を学んだあと、筑前国穂波郡の天台宗明星寺に移り、二十二歳の時、比叡山に登ってさらに学問に励んだ。足掛け八年の修行のあと香月に帰ると、優秀な彼は推されて油山の学頭になったのだそうです。

「若いころの弁長の修行ぶりを物語る話がありましてなあ」と、豊前坊が挿話を付け加えました。

明星寺で修行していたころ、弁長は三年間、彦山まで日参した。寺から彦山まで東南に約三十キロもあるが、夜中に走って帰る姿が妖怪変化ではないかという噂を呼んだ。土地の城主が妖怪を討ち取ろうとして矢を射たが、弁長の法衣を縫っただけで、一命をとりとめた。城主は事の次第を知って謝り、弁長は神仏のご加護とばかり喜んだ、という。

油山は高さ六〇〇メートル《メートル》ほどの低山ですが、その昔、西隣の怡土《いと》郡に建立された寺院の灯用に必要な麻油の木の実を採集する山だったことから、その名がついたといわれている。弁長が着任した建久二年（一一九一）ごろには、西油山に天福寺、東油山に泉福寺があり、それぞれ三百六十もの僧房があった。叡山帰りの学頭のもとには、若い衆徒が多数集まったという。

「ただ、彼はそこでぬくぬくとしていたわけではないようで」と、豊前坊が続けました。

「というと？」

「良馬、鞭影《べんえい》に驚いて、さらに前進したようですな」。その訳を聞くと……。

学頭の傍ら、弁長は筑前筑後の寺院を回った。三十二歳の時には明星寺も訪ねた。そこには異母弟の三明房が住んでいた。久々に二人が語り合っていたら、突然、三明房が悶絶した。懸命に手当てして弟は約四時間後に蘇生したが、その間、弁長は叡山で修めてきた教学の無力さに愕然とした。南都北嶺の学侶は、ただ名利を求めているだけで、菩提心を忘れているのではないか、と考え込んだのです。

「彼は若くして親と死別したあと、自らの努力によってなんとか立ち上がってきたのに、眼前の事実に所学の法門は役に立つのか、仏法は生死を解脱せんがためのものではないのか、という思いを深くしたらしい」。豊前坊は、そう解説しました。

「なるほど、私も日々学びながら、そういうことを感じることがありますな」。私はあいづちを打ちました。

「しかも、弁長という人は宗像とも縁があるのでは、と思われる話が伝わっています」

「ほう、それは？」

「明星寺の衆徒たちが礎石だけになっている五重塔を再建したいので、弁長に勧進元になってもらいたいと頼んできた。そこで弁長が山へ入り、大木を伐らせたところ、木の皮の下から
云《い》なば（因幡《いなば》）ちはやぶる神の斎垣《いがき》となるぞうれしき
という文字が出てきたそうな」

「はあ？」

「古老の話では、昔、因幡太夫という宗像大宮司の末孫がいたが、貧しかったので明星寺に参籠して幸せになれるよう祈り続けた。すると、八日目の朝、虚空蔵《こくぞう》菩薩が現われて一本の稲穂をくださった。帰る途中、泊めてもらった家で、娘の婿になった。そして、稲の種をまいたら秋に大収穫となり、長者になった。稲はその国を豊かにし、太夫は長寿を保って端坐瞑目したまま往生した、というのです」

「すると、弁長殿は？」

「つまり、因幡太夫の再誕ではないか、と噂されたのです」

「なるほど。なかなかの人物のようですな」。私は弁長に会いたくなりました。

一年近く滞在した彦山を下って宗像に帰り、一筆一切経に打ち込んでいた建久年間に不幸な出来事が相次ぎました。

まず五年(一一九四)、母上がみまかりました。そこで、書写していた華首経の奥書に「悲母藤原尼妙法の尊霊の成就のため」などと記しました。

次に翌六年、父・兼祐が逝きました。大智度論の奥書には「慈父悲母の成仏得道のため」などと認めました。本来、私の一筆一切経の趣旨は、源平合戦によって皇統が途絶えそうな時代の流れが収まるように祈願するためなのですが、併せて亡き父母のためにも祈ることにしたのです。

宋から阿弥陀経石

亡き父母の法事が終わり、私は父に代わって神宮寺の座主になりました。一切経の書写だけでなく、座主としての仕事もこなさなければならない日々が続きました。

ある秋の昼下がり、宗像社に宋の国で刻まれた仏石が届けられました。時の大宮司は氏実の次男・氏国で、その仏石は文治五年（一一八九）に亡くなった氏実の菩提を弔うために、博多の宋商人に依頼していたものだという。

碑石の正面には結跏趺坐した阿弥陀如来が光背形の窪みの中に浮き彫りにされています。如来像には大きな螺髪《らほつ》の中に肉髻朱《にくけい》があり、切れ長で鋭い眼差し、肉付きのいい鼻などがかもし出す強い表情、大きく張り出した胸は、これまで見たこともない造りで、文字や文様の彫りも宋人の手になるものでしょう。

「全体的に夢の中で善財童子が訪ね歩いた仏様たちよりしっかりした造りだな」。私は、確かな彫り方で浮き出た表情に中に柔和で親しみやすい感じを受けました。

優しい表情の仏像の左下、蓮華の横の銘文には「大宋紹熙六年乙卯孟陽日」と刻まれており、日本でいえば平氏が滅んで十年後の建久六年(一一九五)一月にあたる時期に中国で彫られた坐像であることが分かります。

光背の上には「南無阿弥陀如仏」の名号が刻まれています。さらに、その上部には無量寿経に説かれている阿弥陀四十八願のうち、第十八願、十九願、二十願が配されています。碑石の裏面には阿弥陀経と無量寿仏説往生浄土呪が、一行十五字、三十三行で四段にわたってきっちり刻まれていました。

この四十八願とは、阿弥陀仏が法蔵菩薩だった時に立てた願で、そのどれもかなわないなら仏にならないと誓ったことが無量寿経に説かれていて、中でも十八願は最も重要な願いだといわれています。

経石と同時に一切経の一部も宗像社に届きました。経石を見て一番喜んだのは、氏国自身よりも氏実の妻・王氏ではないか、と私は感じました。

彼女は博多の宋商人の娘であり、氏実は私の父・兼祐や師・良印様から頼まれていた宋版の一切経を取り入れようとして、妻を通じて宋の仏教関係者に手を伸ばしたに違いない。妻は同時に経石も取り寄せようしたのでしょう。氏国の兄である氏忠の妻も張氏という宋商人の娘です。

ところで、阿弥陀経は阿弥陀如来と極楽浄土のようすを記した短い経典で、中国の六朝時代に西域の亀茲国《きじ》から迎えられた鳩摩羅什《くまらじゅう》によって漢訳されました。そのことは私も知っていましたが、内容的に若干異なる部分があることには気づいていませんでした。経石の裏面に刻まれた阿弥陀経には、羅什の訳本にはない二十一文字が加わっていたのです。そのことを指摘したのは、それからまもなく私を訪ねて来た人物でした。

ある日、見慣れない僧侶が宗像社の鳥居の下で二礼二拍したあと、境内を見渡していました。油山から香月へ帰郷する途中だという聖光房弁長でした。僧座に案内された弁長は、確かに私よりやや若そうですが、最高学府で七年も学んだだけあって、なかなか風格があります。

「突然お伺いして申し訳ない」

「お名前は彦山の座主から聞いております」

互いに挨拶を交わす中で、私は明星寺の五重塔建設にまつわる伝説を思い出し

「因幡太夫の末孫という噂話があるようですが」と切り出すと

「いや、それは作り話のようなものです。私は香月の生まれで、宗像とは縁もゆかりもないのです。彦山に日参したというのも尾ひれがついたものです。実際は、ずっと手前の筒野というところに彦山三所権現を祭る五智如来の三連碑があって、その参籠跡の洞窟まで何度も通ったためですよ」と、弁長は笑います。

「ところで、比叡山での修行はどうでしたか？」

「それが、天台教学の研究は進んではいますが、宗教にとって一番大切なことを忘れて観念的な話ばかり。果ては、やれ平氏や源氏の争いなどの世間話に陥って……」

「そうですか」

「師の観叡法橋様の勧めもあって、後半は宝地房証真様に学びました」

「ほう」

「証真様は叡山東塔東谷に居られる方で、黒谷の叡空様について学ばれたのですが、証真様の兄弟弟子に法然様という方がおられます。証真様は天台宗のまま進まれたのですが、法然様は天台教学を究めたあと、浄土教を打ちたてられました」

「浄土教は昔から伝わっていますが、法然様のそれはどのような文によってお立てになられたのでしょうか」

「世間では、法然様は浄土教を開いた唐の善導様に夢の中で対面して浄土の法門を全部受け継がれたという話が広まっています。まあ、それは伝説であって、一切経を五度も読まれた法然様のことですから、善導様の『観無量寿経疏』をしっかり読み込まれたのだと思います」

「ははあ。善導様は今から五百年ほど前、あの有名な則天武后のころの方ですな」

「ええ、女帝の化粧料二万貫を使って龍門の石窟に大盧遮舎那仏《るしゃな》を造営したことで知られています。だが、実は曇鸞《どんらん》、道綽《どうしゃく》の流れを汲む方で、長安を中心に浄土教を広め、念仏生活に打ち込まれ、阿弥陀経十万巻を写し、浄土の相を三百枚も描いたとか。特に『観経疏』は最も大事なものです」

「『観経疏』の根本的なところとは」

「つまり、人間は自分が凡夫だと知るべきだ、ということでしょうなあ」

「凡夫、ですか」

「ええ。人間は皆、罪悪生死の凡夫であり、十悪五逆の凡夫である。成仏するのは難しいが、往生を遂げることはできる。そのためには阿弥陀仏という絶対的な存在におすがりしなさい、という教えですよ」

「なるほど」

「そして、罪深い人間は常に懺悔《ざんげ》の心を持たねばならない。そのためには念仏こそ弥陀の本願なりというのが善導様の教えで、法然様はその専修《せんじゅ》念仏の道を開かれたのです」

私は、法然様がたどり着いた考えに照らすと、自分もまた懺悔心には程遠い人間だという思いを深くするのでした。

これまで伝わっていた浄土教は、いわゆる善男善女を救う極楽往生型の教えでした。

特に源信の『往生要集』が広めた「地獄」「極楽」の教えは衝撃的でした。

しかし、法然様の考え方は「欣求浄土《ごんぐじょうど》」ではなく「厭離穢土《えんりえど》」に重きをおいているようです。多くの人々は、この現実社会では救われないから、阿弥陀如来に向かってひたすら念仏するという、とても分かりやすい教えなのです。九条兼実などの貴族や熊谷直実など武士も法然の教えに帰依したようですが、それはほんの一部の人たちで、信者は圧倒的に下層の人々の間に広がっているのです。

つまり、世の多くの在家の人たちのための仏教なのです。農民、漁民、職人、商人をはじめ、貧窮下賎の者、罪ある者、愚かなる者、汚れたる者、虐げられたる者など一切の凡夫を往生させようというのです。

阿弥陀経の話になったところで、私は先ごろ送られてきた仏石のことを持ち出しました。

「実は宋から博多経由でこちらに届いた仏石があるのですが、表に阿弥陀如来像が彫られ、その上に阿弥陀四十八願のうち第十八願、十九願、二十願が刻まれている。さらに裏には阿弥陀経の一節が刻まれているのです。あなた様にもぜひ見ていただきたい」

「ほほう、それは珍しいものですな。中国にも阿弥陀経石があると聞いたことがありますが、筑前のこんなところで拝見できるとは……」

私は弁長を神社の境内の近くにある小池に案内しました。仏石は小池の中島に立つ石室に置かれていました。

「私としては、このような貴重な仏石をもっと確かな建物の中に安置したいのですか、そのような場所がないと大宮司が言うものですから……」と、私は申し訳なさそうに言いました。

「どれどれ」と弁長は石室の中をのぞき、「ほほう、これはなかなか柔和なご尊顔ですな」と感嘆の声を発し、阿弥陀如来坐像の前で合掌しました。

「宗像氏の追善供養のために送られてきたようですが、なぜ仏像の中でも阿弥陀如来像を彫り、一切経のうち阿弥陀経を刻んだのでしょうか」と問うと、弁長は明快に答えました。

「阿弥陀経というのは、浄土三部経の中で、その名号を唱えさえすれば、阿弥陀様が菩薩たちを連れて現われ、亡くなった者が極楽浄土に往生することができるという、一番分かりやすいお経です」

「そのように聞いています」

「法然様は、とりわけ阿弥陀経を大事にされ、庶民には南無阿弥陀仏と唱えれば往生できて極楽に行けると説かれています。南都を焼いた平重衡にもそのように説かれています。法然様は、その念仏専修の教えを広めようとなさっているのです」

「ははあ」

そのあと、弁長は第十八願のくだりを読んで、ハッとした顔になりました。

「どうかなされましたか」

「ここは、設我得仏　十方衆生　至心信楽　欲生我国　乃至十念　若不生者　不取正覚。つまり自分が悟りを開いて仏になったとしても、仏の国に生まれたいという衆生の願いがかなえられないならば、自分は悟りを求めることはしないというわけですな」

「はい」

「このあとに、唯除五逆誹謗正法、つまり五逆の罪を犯した者や仏法を誹謗した者は除かれるという句が付いているのが普通なのですが、この経石にはありません」

「五逆の罪とは、父母や聖者を殺したり、仏身を傷つけたり、教団を破壊する罪を犯すことですな。その八文字が省略されているということは、五逆などの罪を犯した者でも救われるということですか」

「昔、天竺の摩掲陀《まがた》国に阿闍世《あじゃせ》という王子がいましたが、父親の王を殺し、母親も投獄しました。しかし、お釈迦様に出会って罪を悔い改めてお弟子になったのです」

「この八文字があったら許されないところですな」

「そうです」

私は弁長の博識ぶりに感服しました。

そのあと、弁長は仏石の裏にある阿弥陀経の一節をじっと見つめていました。それは「若有善男子善女人　聞説阿弥陀仏　執持名号　若一日……若七日　一心不乱」で始まるのですが、次の二十一文字のところで、弁長は「おやっ」とした表情を見せました。

そこには
専持名号　以称名故　諸罪消滅　即是多善根　福徳因縁
とあります。

「これは、阿弥陀の名号を唱えると、生前の罪が消えて善根が生じる、という意味ですが、この二十一文字は敦煌本の阿弥陀経にはないはず……」。弁長はそうつぶやいて私を振り返りました。

「これは浄土教の新しい流れを教えてくれる画期的な経石ですよ」

「そうですか」。経典に詳しい学僧ならではの指摘に感じ入りました。

阿弥陀経石の前から宗像社境内に戻りながら、会話は続きます。

「で、無量寿経や阿弥陀経の書写は、もうお済みですか？」と弁長が聞きます。

「いいえ、それがまだなんですよ」

「そうですか」

「原典が経所にあったはずなんですが、見あたらなかったものですから」

「ははあ」

肝心なところで話が途切れてしまいました。仕方がないので、僧座に上がって茶を勧めました。一口茶をすすった弁長が言いました。

「私は一度上洛して法然様にお会いしたいと思っています。浄土教の教えを深めたいし、明星寺の五重塔に安置するご本尊をどうするか、師にご相談しなければなりませんので」

「なるほど」

「良祐様も、ぜひ京や奈良へお出かけになってください。仏教そのものだけではなく、いろいろ見聞されると視界が開けるものですよ」

「はい、かねてからそういうふうに考えてはいるんですが……」

「東大寺再建の勧進元になられた俊乗房重源《ちょうげん》というお人は、いま大変活躍されています。紀の国の武家の出で、十三歳で真言密教の霊場・醍醐寺で出家され、大峰山などで修行されました。醍醐寺で法華経八巻を、また伊勢神宮では大般若経を書写して供養したこともあります。摂津や大和の寺院修造、橋の架け替えや溜池など土木事業にも尽力されています」

「衆生のための作善に功績があったのですな」

仏への結縁を勧める作善には、持経、持物、持戒の三つがあります。持経は経典そのものへの強い信仰であり、読経、写経、埋経などをいう。持物とは、仏の功徳への信仰で、阿弥陀仏、釈迦如来、さまざまな菩薩の功徳を説き、勧進によって仏像を造り、その仏に帰依すること。持戒とは、殺生を慎み、精進を重ねて仏の道に結縁することにより、病や死ぬときに戒を授けられることで往生できるということ。

今、取り組んでいる一筆一切経は持経の部類に入ります。それに比べ、重源様が進めているのは持経だけでなく持物も含まれるし、規模が大きくて真似ができるものではありません。

「そういえば、重源様は博多の筥崎宮で如法経を書写し、今津の誓願寺で金色の丈六阿弥陀像の造仏にも結縁されたと聞いています」。

丈六とは、お釈迦様の背丈一丈六尺のことで、坐像の場合は八尺になります。

「そのお寺は、あの栄西様が本堂創建の供養をしたのです。彼は博多で聖福寺や香椎の報恩寺を創建しています。宋では天台山万年寺で臨済宗黄竜派の高僧と出会い、天童山で高僧が説く禅の教えと、栄西様が身に着けていた台密の教えが一致したしたということです。つまり、禅宗の教えは持戒持律の生活を意味したのです」

「ふむふむ。帰国後は京を経て鎌倉へ入り、頼朝公の一周忌で導師を務めたと聞いています」

「栄西様と重源様は入宋中に知り合って共に帰国した仲です。丈六阿弥陀仏像の結縁もその関係でしょう。重源様は、ついには自分を南無阿弥陀仏と号したそうです。そればかりか、他の僧侶にも空阿弥陀仏や法阿弥陀仏などという名前を授けたそうです」

「すると、真言宗から入って浄土教へ傾斜したのですかな」

「ええ、宋の人々の深い浄土教信仰に影響されたのでしょう。阿弥陀像や浄土五祖画像なども持ち帰ったし、法然様とも懇意されていたようです。東大寺再建の話も、最初に勧進元を依頼された法然様が断られたあと、重源様が引き受けたのです。その東大寺も再建間近です。大仏様を拝まれるだけでも五体がしびれるのではないでしょうか。私も京の帰りに拝むつもりです」

「そうですな。阿弥陀経の異なる内容のことも明らかにしなければなりませんし、法然様にお会いしたいものです」

「ぜひ、そうしてください。一方の重源様は忙しい方だから、なかなかお会いできないでしょうなあ」

弁長は長居をわび、宗像をあとにして郷里の香月へ向かいました。

その後、阿弥陀経石には、いろいろ追刻が行われ、宗像大宮司家の宋人の血を引く女性たちのさまざまな願いが込められていたようですが、一切経の書写の旅に追われていた私は、追刻文を子細に読む機会はありませんでした。

経典を求めて上洛

弁長を見送ったあと、経所に立ち寄りました。日暮れも近いころで、経所では若い社僧が書棚の周辺を整理していました。

「これ、阿弥陀経はあるかな?」

「はい、書棚ではなく、その文机の上に」

「誰か読んでいるのかな」

「は、大宮司の義姉様が」

「えっ、大宮司氏国様の兄氏忠様の張夫人か」

「はい、あの阿弥陀経石が届いた直後に、四十八願などの原典を見たいとおっしゃって」

「ほう、それは珍しいことだなあ」

「でも、先ほど一部分だけご覧になって、すぐお返しになりました」

「ほう」

「阿弥陀経石の経文は、この経典と異なるところがある、とか言っていました」

「そうか」

意外な人が経文の差異に気づいていたことに、私は驚きました。

翌朝、私は氏国に久しぶりに会いに行きました。彼は長男の氏忠に代わって大宮司を務めていて、的確な采配ぶりをする人物です。今朝も本殿の中で若い神官にあれこれ指図していました。挨拶を交わしたあと、私は阿弥陀経などの経典のことを持ち出しました。

「あ、阿弥陀経石に刻まれている内容と異なる部分あるので、宋版の経典に詳しい博多の老僧に問い合わせたいと義姉が言うのだ」

「それはまた、ご熱心なことで」

「神職のわしには分からぬ話だ。誰かに経典の一部を博多へ届けてもらって、その老僧に見てもらおうと考えているところだ」

「それなら、私が博多に出向いて、その僧職にお会いしたいものですなあ」

「ほう、そうしてくれればありがたいのう」

しかし、博多行きの話は、そこで途切れました。実は、私も他に予定があり、京へ旅立ちたいと考えていたのです。

建久六年（一一九五）三月、朝もやが立ち込める遠賀川河口の葦屋から出た宗像社の船に便乗しました。身の回りに無い一切経の原典を、はるばる上洛して見せてもらうためです。

東上するのは久しぶりです。荒い波がのたうつ響灘では朝日が昇るのに手を合わせました。潮流の速い関門海峡に入ると、船底がきしむような音を立てて、心中おだやかではありませんでした。壇ノ浦で苑という女性が目の当たりにした壮烈な合戦を思い巡らせて、感慨深いものがありました。帝と宝剣は本当にこの渦巻く海に沈んでしまったのか……。末法を象徴するような出来事に暗然としました。

随分時間はかかりましたが、船は数え切れないほどの島々の間を抜けて瀬戸内の奥へと進みました。私は、船内でも写経に余念がありませんでした。うねりで揺れる度に筆を止めなければなりませんが、時間はたっぷりあります。おかげで菩薩善戒経の書写が進みました。

摂津から船を乗り換え、淀を経て京に入り、牛若丸と弁慶の出会いで知られた五条大橋の近くで下船しました。綾小路と猪熊通りが交わるところにある乗禅房で経典の一部を書写し、次に一条の革堂《こう》にある尼寺に滞在して優婆塞経などの写経に取り組みました。

乗禅房は文字どおり禅宗の寺ですが、宗像社の大宮司関係者の宿所なので、そのつてで書写の場を借りただけです。革堂というのは、当初は一条北辺堂といわれていたのが鴨川の氾濫で倒壊したため、横川の聖だった行円が行願寺として再建したといわれています。

行円は平安末期の鎮西出身の僧で、歳は私よりかなり年長でしょう。彼は以前、平家の公達たちの霊を弔いたいと、諸国を回って筑前にも現われ、宗像社にも立ち寄ったことがあるそうです。そこで良印様が生前、彼に一切経の書写に便宜を図ってもらえるよう依頼していたのではないかと思います。

彼は京では、いつも皮衣をまとっていたので革聖人と呼ばれていたと聞いています。寺名は彼が願人となったことにちなんだものなのか、寺の名から行円と名乗ったのか、そのどちらかでしょう。本尊の千手観音は彼が刻んだと伝えられています。

『今昔物語』には、横川の僧境妙が同寺で法華経書写と法華八講を行って極楽往生を遂げた話があり、横川の聖たちの市中での根城だったといわれています。また『小右記』の著者で、寛弘年間に三条天皇に信任された藤原実資も、この寺に法華写経を納めたり、等身多宝塔を寄進したりしています。しかし、その寺はたびたび焼失したらしく、それほど大きな造りではありませんでした。

行円という名は、宗像に近い奴山の古墳の上にある新原百塔板碑にも刻まれています。碑のうち画像が彫られた一基には、大日如来など仏や菩薩を表す種子《しゅじ》（仏菩薩の各尊を一字で表した梵字）の「衆生と共に安楽国に往生せんことを」との銘文と共に「勧進僧行円」の名があり、不思議な縁を感じたものです。もっとも文永十一年（一二七四）の銘文や「改めて立つ」と追刻されたものがあり、私の没後のことなので、別人かもしれません。

実は、行円という法名を持つ入道は、鎌倉時代に他にもいたようです。笙という楽器の名品を制作したり、関東から上洛して明恵上人と和歌を詠み合ったりした人で、どうも革聖人とは合致しません。

もう一つの尼寺で尼僧から聞いた忘れられない話があります。それは、丹後の国の天ノ橋立に近い成合《なりあい》寺に古くから伝わる観音霊験譚です。その寺に籠って修行していた貧しい僧が真冬に食べる物がなくて困っていた。本尊の観音菩薩像の前で一心に読経をしているうちに狼が食い残した猪を見つけ、その足のもも肉を食って餓死を免れた。ところが後日、心配した村人が寺をのぞいてみると、観音像の足が欠けており、煮炊きした鍋の中に檜の木切れが残っていた。「さては観音様が猪に成り代わって助けてくださったのか」。僧が「観音様の足を元のようにしてくだされ」と祈り続けると、仏像の足が戻った。村人は観音様の慈悲を感じて涙を流した。それが成合という寺の名の由来になったのだそうです。

そんなありがたい話とは裏腹に、洛中はひどいありさまでした。御所のあたりなどの表通りは片付いていましたが、一歩路地に入ると戦乱や地震や飢餓の名残が目に付き、しばしば身震いするようなことがありました。のちに鴨長明が書いた『方丈記』で後世の人たちに伝えられるとおりです。

すなわち、治承五年（一一八一）六月は、飢饉で餓死する者が多かったそうです。さらに翌年一月には道路に捨てられた赤ん坊などの死骸が散乱。夜中には強盗や放火も相次ぎ、飢え死にする者数知れずという状態だったと聞きました。

行願寺で聞いた話では、洛中には検非遣使いう役人がいて、町を清掃する賎民を使って遺体などを処理してケガレを一掃するのだそうですが、その清めは徹底しているわけではなく、鴨川の河原などには腐乱した死体がしばしば散見されるとか。

そんな荒れた洛中に長居はしたくないので、必要な経典の書写を済ませると、淀川を下り、摂津から瀬戸内を航海する船に乗りました。海に沈む夕日を拝みながら、洛中で印象深かったことを思い出しました。それは、洛中のあちこちに小さなお地蔵様が祀られていたことです。

都では、お地蔵様を信仰している庶民が多く、特に『往生要集』が世に出てから、生前に何かよい行いをしていれば、たとえ地獄に落ちてもお地蔵様が助けてくれると信じているようです。

俊乗房重源と遭遇

上洛した年は、東大寺大仏殿が再建され、その落慶供養会が行われたのです。私もその供養会に結縁するため、奈良にも行きたいと思いました。大仏殿の大勧進を務めた重源様にも会いたかったのです。しかし、一切経の経典を求めることが先決でした。

重源様に面会できたのは、彼が浄土信仰に傾倒した晩年のことでした。彼は永眠する前に、東大寺の阿弥陀仏像や阿弥陀堂の建立、湯屋の設置、迎講の実施などに打ち込んでいたようです。私は都から帰る途中、周防に立ち寄った際、ある港に近い寺で偶然、重源様に遭遇しました。

彼はやや腰が曲がっていましたが、複雑に刻まれた皺《しわ》に並々ならぬ「作善」の積み重ねを感じさせました。周防に現われたのは、博多の今津の誓願寺と同様に、周防の浄土寺にも丈六の阿弥陀仏像を建立して地元の人々に喜ばれていたからです。

私が宗像社の社僧であることを名乗ると、栄西様から聞いていたのか、彼は一筆一切経のことを知っていて、その村の湯屋に誘われました。旅路の汗を流しながら、重源様が東大寺復興の話などを語ってくれました。

既に八十路に入った彼は、さすがに年老いて見えました。しかし、三度にわたる入宋体験、宋での栄西様との出会い、九条兼実や法然様、それに大仏造りに協力した宋人・陳和卿《ちんなけい》のことなどになると、熱っぽく語り、勧進僧としての蓄積があふれ出ていました。

「陳和卿は大仏を造る技術だけでなく、なかなか肝の据わった人ですな」

「というと」

「頼朝公が大仏殿の落慶供養会で彼にお礼を言おうとしたら、源平合戦で罪深いことをした将軍には会わない、と断ったそうですよ」

「ほほう」。ふと私は、博多にいる宋人もそんな剛毅な男たちではないかと想像してしまいした。

さらに重源様は、頼朝の権力者としての横暴さについて声をひそめながら話しました。周防の国司だった重源様が、大仏殿の建築資材を地元の豪族に依頼したところ、断られたそうです。それを聞いた頼朝は、その豪族を厳罰に処したというのです。これはのちに当時の摂政・九条兼実の日記『玉葉』に記されました。

「一国の頂点に立つお人は、することが違いますなあ」

そこで少し間を置いて、話は私に向けられました。

「ところで、書写は進んでおりますかな」と重源様。

「いやあ、原典探しに手間取って……」

「わしも宋版の一切経を京の醍醐寺に施入したところじゃ」。重源様は淡々と言います。

「それは貴重な請来品ですなあ」と感嘆しました。一切経がそろっていれば書写もやりやすいのに……と身勝手な思いもしました。

「しかし、一切経を書写しながら、時々、自分は何のためにこのようなことをしているのかと、考え込むことがありますよ」と、私はつぶやきました。

「それはまたどうして」と重源様が眉をひそめます。

「栄西様から聞いた話では、本来、仏法は文字を離れているという」

「禅宗は不立《ふりゅう》文字というて、文字や言説ではなく、心から心へ伝えるものだからのう」

「浄土宗も南無阿弥陀仏と念仏さえあげれば救われると教えています。とすると、一切経を長々と書き連ねても詮無いことでは、と落ち込むのです」

「あは、それは考えすぎでしょう」

「また、あの『臨済録』には無位の真人という、分かったような分からない言葉もあります。法なく仏もないとか、外にも内にも求めるなとか、平常無事であればいいなどと臨済師は言っています」

「うむ。どのような枠にもはまらぬ自由な人間、ということですかなあ」

「そのような人間になれれば、経典など要りませぬなあ」

「ははは、そうなることがかなわぬから面倒なのじゃ」

「確かに」。私はうなずくしかありません。

一方、浄土宗では来世のことは約束しても、現世はどうにもならないのですから、生きがいがないような心持ちになるという人もいます。果たして、私が取り組んでいる一筆一切経は世の人々のためになるのでしょうか。

上京したのに栄西様にも法然様にも会えなかったので、この二人について重源様に聞いてみました。すると、彼は

「うーむ、栄西様はその著書や鎌倉幕府にも迎えられていることから分かるように、王法は仏法の主であり、仏法は王法の宝であるという相依相即の考え方ですな。一方、法然様は、王法の世界からはみ出た人々を救うための仏教、すなわち浄土教の中で誰でも受け入れられる専修念仏を広めたわけで、全く対照的ですなあ」

「なるほど」

「ただ、栄西様の禅宗と法然様の念仏宗は、奇しくも同じころに法難に遭っていますなあ」と、重源様は鎌倉仏教の一大事変ともいうべき話を持ち出しました。

まず栄西様……。彼は二度入宋しますが、叡山系の台密僧として渡った前期に比べると、後期は禅僧または律師としての意識が強いようです。遣唐使が途絶えたあと、わが国の仏教は偏向し、持律の仏法を再興しなければという思いが募っていたようです。

筑前・今津の誓願寺で二度目の渡宋の機会を待ち、新たに丈六の阿弥陀像を彫り、大般若経六百巻の書写が達せられた時、栄西様は宋版大蔵経を請来しようと機会を待ったといいます。

栄西様が再度の帰国後、宋朝風の戒律生活を広めていたころ、能忍という天台僧も達

磨宗という禅宗を立て、それが畿内の民衆に広まったので叡山は禅停止を訴えました。さらに筑前・筥崎の良弁も非難したので、朝議は禅宗停止を決めました。それに対して栄西様は建久九年（一一九八）、『興禅護国論』を世に出し、禅宗を興すことで国家の安泰を期すべきだと反論しました。

その主張は幕府に迎えられ、栄西様は北条政子の帰依によって鎌倉に寿福寺を建て、京都には建仁寺を創建して、持戒持律の清僧という信頼を得たのです。

一方、法然様……。彼は同年、九条兼実の求めに応じて宗義をまとめた『選択《せんちゃく》本願念仏集』を出されました。それは浄土三部経（無量寿経・観無量寿経・阿弥陀経）から選ばれた「阿弥陀仏によって人を救う本願の念仏」を根本に据えたものでした。

法然様が目を向けられたのは、専ら貧窮困乏、愚鈍下智、少聞少見、破戒無戒の庶民で、その点でわが国古来の仏教とは全く異なります。最も重要な口称念仏を選択したあとは、他の問題は自分で選んでよいという考え方です。

平家没落後の文治年間のこと、京郊外の大原に招かれた法然様は、南都北嶺の学僧三百人を前に「生死解脱」についてこう述べられました。

「成仏は難しといへども、往生は得やすし。道綽・善導の意によらば、仏の願力を仰ぎて強縁と為す故に、凡夫も浄土に生ず」

「ははあ、大原談義でのお言葉ですな」

そして、生きていくために身を売る遊女も、魚介類を獲って売る漁師も、獣をわなにかけて殺生する山男も、人を殺めて生き延びる悪党も、ひたすら念仏さえ続けていけば往生できるという分かりやすい教えを広めていかれました。

「ははあ、凡夫、悪人、女人、その他もろもろも救われるというわけですか」

末法の世には、阿弥陀仏や極楽浄土を思い浮かべながら「南無阿弥陀仏」と唱えるしかないと説いた法然様の教えは、圧倒的に庶民に支持されました。ところが、一部の行者や小御所の女院の間に野放図な振る舞いを招き、次第に世間の批判を集めるようになったのです。それは後述する「建永（または承元）の法難」の始まりでした。

重源様と別れた私は、久しぶりに宗像に帰って来ました。その後に分かったことですが、元久元年（一二〇四）夏、四十三歳になった弁長は、法然様のもとを辞して帰郷したので、例の法難には巻き込まれませんでした。しかし、事件のことは伝わってきて、弁長は筑後の高良山の厨寺で一千日の如法念仏を勤めて師の無事を祈ったそうです。

もともと高良山は真言・天台の地で、専修念仏の寺院ではなかったので、念仏が八百日にも及ぶと地元の大衆が騒ぎ出しました。それに構わず弁長が念仏を続けていると、西方から光明が輝いて道場を照らしたので、大衆が供物を捧げてやってきたという話が伝わっています。

いま振り返ると、偶然とはいえ重源様との出会いは印象深いものでした。その作善について聞いた時、彼は

「いやあ、わしは勧進聖として動き回っているだけで、へへへ」と、皺だらけの顔をほころばせました。本人は謙遜するけれども、その活動は三度も渡宋しているように幅広く、阿育王山の舎利殿造営のために周防から材木を送ったり、持参した『和漢朗詠集』を見せたら、現地の長老が感嘆したりした話を披露するときは喜色満面でした。

別れ際に彼は「南無阿弥陀仏」と自称していることを打ち明けました。やはり浄土教の世界に落ち着いているようです。

私は、自分なら何と名づけるとしようか。やや単純ですが「僧阿弥陀仏」か、と思い巡らせました。実際、建久六年（一一九五）から三年間、そう名乗ったこともあります。経巻の奥書に、父には「経阿弥陀仏」、母には「蓮阿弥陀仏」と名づけたこともあります。

その後、私は良祐という名前を建仁三年（一二〇三）から経祐に、承元五年（一二一一）から栄祐に、嘉禄元年（一二二五）から識定法師に、さらに翌年からは色定《しきじょう》法師とめまぐるしく改名することになります。

「色定」は全く思いつきの命名です。「色」は、梵語で「ルーパ」すなわち形づくると

いう意味から出た言葉で「形あるもの」のことです。「定」は精神を統一して心が乱れない状態で「三昧」と同じ意味です。

すなわち、「色」は、「般若心経」の有名な言葉「色即是色」「空即是空」から取り入れたもので、仏門に励む人間として、あるがままに生き、心安らかに保ちたいものだということです。併せて書写した一切経が永遠に残されるように、という願いも秘められているのです。

帰途、島々の間を縫うように船が進む瀬戸内では、西方に落ちる夕日を拝みつつ、源平の合戦で落命した安徳帝をはじめ幾多の戦没者を思い、「南無阿弥陀仏」と唱えながら思わず落涙している自分に気がつきました。

博多の大唐街へ

宗像社に帰ってみると、博多行きの話が待っていました。浄土三部経を携え、宗像社の権禰宜と共に博多の大唐街へ向かいました。

大宰大弐時代の平清盛は、父・忠盛が対外貿易の拠点としていた肥前・神崎荘の櫛田神社を冷泉津に勧請しました。そこに唐房が形成されたのは、石積みを連ねて博多の港を造り、貿易を目論む宋の商人たちが住み始めたためだという。

唐房は、その東側に広がる承天寺や聖福寺などの伽藍とは対照的に、大小の商店や長屋のような住家が連なり、宗像にはない賑わいぶりでした。もっと若いころ、父に連れられて来たことがありましたが、こんなに建て込んではいなかったなあと、あちこち見回しながら歩きました。前を行く権禰宜が、ふと立ち止まって手招きしています。

そこには、通りに面して大きな桶のようなものがいくつも埋め込まれています。権禰宜が言いました。

「あれは宋人の船に使われていた桶や樽を外枠代わりにした井戸ですよ」

権禰宜はかつて知っていたかのように、やや古い建物の中庭を通り抜けて行き、昼間でも暗い感じの居室に入って行きました。中から
「どうぞ、どうぞ」と、しわがれた声がしたので敷居をまたぐと、そこには、猫背気味の老荘の仙人のような年寄りが大きな椅子に腰を下ろしていました。やや汚れた白いあごひげを左手でしきりに束ねています。

宗像社の社僧だと挨拶すると、老僧は古ぼけた椅子を勧めながら「劉康という者じゃ」と、武士のように名乗りました。

私は持参した阿弥陀経などを広げて、張氏が聞きたかったことを率直に尋ねました。しばし頷いていた劉康は、おもむろに説明しました。それによると、

昔から、阿弥陀経は鳩摩羅什が漢訳したものが基本だった。きょう、持って来られた宗像社の阿弥陀経は、その流れをくむものだろう。ところが中国では、宋代になって元照とか王休日といった研究者が出した阿弥陀経や浄土教の典籍によると、襄陽（湖北省）の龍興寺の石に刻まれていた阿弥陀経は、通常の経典より二十一文字多かったという。

以前、弁長から教えてもらった「専持名政　以称名故　語罪消滅　即是多善根　福徳因縁」のくだりのようです。

「宗像社に送られた経石は、そちらの系譜を引くものと思われる。ただ、中国は儒教の国だから、伝統的に〝勧善懲悪〟が幅をきかせておる。悪人も救われるというような寛大な考えは、ごく一部のものに限られるのう」

「その新しい宋版の経典を見たいものですなあ」。思わず私が膝を乗り出すと老僧は、いとも簡単に答えました。

「それならば、宋へ渡られたらどうじゃ」

「えっ、そのようにやすやすと行けますかな」

「なに、毎月のように博多津を出る船の綱首に頼んで乗せてもらえばよい」

「しかし……」とためらっていると、老僧は
「遠慮することはない。少々駄賃は必要だが、仏の道に携わるお人なら信用して乗せてもらえるわい」

「はあ」

「宋への土産は金や銀、真珠、松、杉、桧、蒔絵、刀剣類、あるいは硫黄でもよいのじゃ」

「硫黄ですか」

「戦さには必要なものじゃからな」

「えっ、どこと戦さするためですか？」

「北方から侵出してきた西夏などじゃ」

「ははあ」

「硫黄は、炭や硝石とともに黒色火薬を作るのに必要だからのう」

「宋から輸入される物は？」

「綿、綾、絹、茶などのほか、銅銭が入ってくる」

「なぜ銅銭を」

「それは禁じられていたのじゃが、日本からの輸入品の支払いに宋銭が当てられたので、次第に増えてきた」

「ほう。ところで最近、宋へ渡った僧というと……」

「ここ数年の間に宋に渡った中では、重源とか栄西とか俊芿《しゅんじょう》というお人がいる」

「はあ。前のお二人はお名前を存じていますが、三人目の方はどのような方ですか」

「肥後の出身ということだが、赤子のとき都から落ちて来た父親に木の根元に捨てられたらしい。ところが、三日たって心配した姉が戻ってみると赤子は無事だったという。そこで号は『不可棄』だと笑っていたのう」

「で、それは肥後の何という寺の方ですか」

「正法寺《しょうぼう》と聞いたが」

「はあて、聞いたことがありませんなあ」

「幼いころから聡明で、十八歳で剃髪して大宰府の観世音寺で具足戒を受け、正法寺にいた時には、一度は息をひきとった若い女性を蘇生させたという逸話があるそうじゃ。のちに南北二京へ遊学したが、この国では戒律の衰微していることを痛感したらしい。そこで二人の弟子と共に博多から宋へ渡ったのじゃ」

「宋で何を学ばれたのでしょう」

「まず、明州から近くて最澄や円珍など多くの日本僧が巡拝した天台山の国清寺などに学び、径山《きんざん》で禅宗を、さらにその北にある四明山景勝寺で戒律を修学した。その寺では如庵了宏という高僧の下で三年かけて戒律を学んだ。了宏は竹渓法政という師の高弟で、当時の律宗の権威だった。さらに俊芿は、北峯宗印という天台宗の指導的地位の高僧の下で八年も学び、高弟二人のうちの一人に数えられたといわれている。かの国でも人の命を救ったという逸話が伝えられておる」

「ほほう。十年以上も学んだ日本僧といえば、あの『入唐求法巡礼行記』を書いた円仁以来ですね」

「その間、律・禅・天台の三宗のほか、浄土教についても研鑽し、梵語や書法にも造詣を深めた。建暦元年（一二一一）に帰国した時、律部の仏典二百二十七巻をはじめ、天台・華厳宗や儒教などの典籍、水墨画の羅漢図、法帖、碑文など多数の書画類を携えていたという」

「ほう、すごい収穫ですね」

「博多で出迎えた栄西が京の建仁寺へ誘ったが、渡宋前に肥後の筒岳に建てた正法寺で弟子たちが待っているからと、一旦そちらに向かったということじゃ。もう今頃は上洛して落ち着いているはずだが」

「その俊芿という方に経典を見せてもらえればいいのですが」

「まあ、そういわずに一度、宋の仏教界に潜り込んでみたらどうじゃ」

「はあ」

「今度、出る船の綱首は俊芿が上陸した明州の港にも寄るはずだから、そこで現地の僧侶に案内してもらえばよい。宗像社の社僧なら案ずることはない。通訳ができる新羅《しらぎ》人もいるそうな。その旨、わしが話をつけておこう」

「それはありがたい。ただ、父が逝ってからまだ喪が明けないので、年が明けてから改めてお願いします」

そこで、老僧は弟子の僧を呼びました。

「これ、ゼンサイ」

現われたのは、小柄な丸顔の小僧でした。

「こいつは宋の商人と日本人の女の間にできた子で、唐房の路地で捨てられていたのだが、わしの娘が拾ってきた。善財童子を見習えという意味でゼンサイと名づけたのじゃ。西の方で蝉のように鳴いていたから、字は蝉西と書くのじゃがな、はっはっは」

蝉西はピョコンと頭を下げました。そういえば、夢に見た善財童子に似ています。

「こちらは宗像社の社僧のお方だ。来年、宋に渡られるというから、博多津から出る船を見せておやり」

「はい」

権禰宜は、筥崎宮に行く用件があるというので、唐房で別れました。

私は蝉西の案内で港に近づき、係留されている一隻の宋の船内に入っていきました。

船は平底ではなく、荒波にも耐える竜骨造りになっています。宗像社が持っている船より頑丈そうでした。

蝉西は中国語をしゃべるのも達者で、船室にいた顔見知りの船主に声をかけたあと、私を手招きします。船主の話によると、以前、日本人の僧侶たちを乗せて明州へ渡ったことがあるという。明州といえば、あの空海が帰国する時、出た港です。

船室の壁には、その港らしい地図が貼り付けてありました。街区は運河に取り囲まれていて、ここから越州や杭州に通じているという。栄西たちが詣でた天台山や阿育王山も近いようです。

街は四つの区域に分かれていて、東側が繁華街らしい。中心にある「子城」や「県治」は役所か。「塩倉」や「霊橋」といった地名や、税関や港湾関係の建物もあります。卍印の寺院が点在しており、「天童寺」「阿育王寺」などにまじって、回教関係と思われる建物もあります。

船主が現地の事情を中国語でしゃべったあと、蝉西が日本語で要点を説明しました。この国では、明州などの港に着いたあと、船を乗り換えて運河で内陸部へ入るのが一番便利だが、その度に要領よく立ち回らなければならない。つまり、その筋の役人にうまく話をつけることが肝要だという。なるほど、とうなずきながらも、そういう手練手管にうといので当惑しました。

ただ、私は宋へ行く前に、もう少し写経を進めたいと考えていました。建永二年（一二〇七）二～三月には長門や安芸を回って「開元釈教録」を書写しました。瀬戸内沿いの寺院では、佐伯氏の出身の父・兼祐の縁故でいろいろな経典に接することができました。

写経は整然とした楷書によるものが一般的ですが、院政期の書写では行書とでもいえるような文字ですらすらと書いた「頓写」とか「早写」という経典があります。そんな筆遣いができればいいのですが、とても無理です。

また、洛中の貴族たちのもとで、写経聖たちが多人数で手分けして書写するならともかく、自分一人で書くのですから、時間がかかります。そうかといって、速く書写していくと誤字脱字が起きやすいのです。

たとえば、書写している時に隣の行に同じ字があると見間違ったり、重ね書きしたりする。似たような字があると、繰り返し書いたりすることもある。同じような表現があると、うっかり一行飛ばしてしまうこともあります。

書き損じに気がつくと、水を滴らせて誤字を洗い落とす。早く気がつけばいいが、そうでないと大変な作業になります。

宗像社で書写している時は、交合してくれる人がいるからまだいい。旅に出て各地を回りながら、そういうことにも気をつけなくてはならないのは骨が折れるものです。昔の官営経所で誤字脱字があると、その写経生は手当てを減らされたという話も都で聞きました。

なお、帰る途中に耳にしたことですが、私が書写の旅を続けていた間に、都では驚くような出来事が起きていました。専修《せんじゅ》念仏を打ち出した法然様とその弟子に対する批判が高まっていたのです。やむなく法然様は元久元年（一二〇四）十一月、弟子たちに「経文も読まずに真言・天台を非難したり、阿弥陀仏・菩薩以外をけなしたりすることを禁じる」など七カ条の制誡を課し、百九十人の弟子や信徒が連署した誓約書を天台座主に提出しました。

しかし、九条兼実の弟で、天台座主になった吉水の僧正こと慈円は、のちに『愚管抄』の中で、専修念仏の行者は「女犯ヲコノムモ魚鳥ヲ食フモ、阿ミダ仏ハスコシモトガメ玉ハズ」、その受容者は在家者ばかりで京から田舎まで広がった、と批判しました。また、興福寺の衆徒は、もともと弥陀に救済される人々を描く「聖衆来迎図」が貴族や僧侶を対象としていたのに、念仏宗の「摂取不捨曼陀羅」では在家者ばかりが正客として描かれていることに反発しました。

その翌年には延暦寺や興福寺の衆徒が専修念仏禁断を要求して、法然様を重科に処すよう訴えました。さらに、法相宗の学僧・貞慶《じょうけい》が「興福寺奏状」を朝廷に出しました。それは、源空（法然）が私的に立てた一門は（奈良・平安時代から認められてきた）八宗を滅ぼすと批判し、戒律の復興を唱えたものでした。

興福寺側から弾劾された法然様の弟子のうち、安楽と住蓮の二人が処刑され、法然様は行空を破門しましたが、法然様も建永二年（一二〇七）土佐へ流罪になりました。安楽ら二人は六条河原で検非違使たちに首を切られたのだそうです。末法の世がそんな奈落に落ち込むとは……。

実は、法然様は讃岐に一年出ただけで釈放されます。ただ、すぐには帰京できず、摂津国の勝尾寺で四年ほど過ごし、建暦元年（一二一一）に都に帰り着きました。しかし、心身ともに衰えて、なんと翌年病没されたということです。

念仏停止に遭った時、のちに浄土真宗を開いた親鸞も越後に流されましたが、師の訃報に接してからは上野、下野、常陸で教化に努め、『教行信証』を出しています。直弟子の唯円が書いた『歎異抄』の「善人なほもて往生す、いはんや悪人をや」という「悪人正機説」は、二十一文字多い宗像社の阿弥陀経石の文に共通するものがあります。親鸞の教えは、貴賤上下、老若男女の心をとらえ、本願寺の教団として発展していきます。

念願の渡宋が実現

宗像社に帰った私を待っていたのは、宋へ渡る船の予定が早まったという連絡でした。「博多の綱首からの便りを、蝉西という小僧が持ってきましたが、知り合いですか」と、弟の兼久がけげんそうな顔をしています。

「うむ」。書簡は短い文でしたが、以前、書写した経典の校正を引き受けてくれた博多の宋僧が手はずを整えてくれたようです。あり難いことだと思わず西の方に向かって手を合わせ、早速、渡宋の準備にかかりました。

私は翌月、宋船に乗り込み、博多津から明州へ向けて出航しました。

波荒い玄界灘の先へ船出するのは不安でした。平城天皇の第三皇子・高岳親王のように、いったん入唐しながら天竺へ航海を続け、行方知れずになった例もあります。遣唐使の時代には、正使と副使が乗る船の他に、二隻を加えた計四隻の船団が出航したことがありました。空海たちの船など二隻は助かりましたが、他の二隻は遭難しています。

そういう事実も頭の片隅に叩き込んでいましたが、空海、最澄、円仁、重源、栄西など何人もの名僧が渡った国へ行けるものなら、恐れてばかりはいられません。むしろ、武者震いするような思いで舳先に立ち、博多湾の西のかなたを見つめていました。

ただ、宗像社の社僧という立場のため、宋に長居はできそうもありません。せいぜい杭州の天台山のあたりを回って、一切経の原典を見せてもらい、自分が書写したものに誤字脱字がないか点検したい。できれば、少しでもいいから原典を持ち帰りたい。日本の僧が学んだ中国の高僧にも会いたい、と思っていました。

その願いが偶然かなえられました。幸運にも、明州の港で現地の仏教寺院に詳しくて通訳もできる新羅人に出会いました。彼の案内で、博多の老僧・劉康の話に出ていた北峯宗印ゆかりの寺にたどり着き、その肖像画を、帰国したら俊芿様に渡してくれと兄弟弟子の古雲という僧から頼まれたのです。また、宋の戒度が著したばかりの『無量寿仏讃註』という本なども届けることになったのです。

椅子に腰掛けた北峯は、いかにも中国の高僧らしく泰然としています。

「そなたは一切経を一人で書写しているのか」

「はい、何せ九州の片田舎の社僧ですから、思うようにははかどりませんが」

「そうかもしれんが、経典を求めて天竺まで旅することに比べれば、どうということはあるまい」

「えっ、天竺?印度ですか」

「そうじゃ。今から八百年余り前の東晋のころ、山西省に生まれた法顕という僧は、僧団の『律』が乱れていたため、仲間四人と共に長安を出発して印度へ渡った。そのとき六十歳だったが十七年後に彼一人だけが無事に帰ってきた。持ち帰った『摩訶僧祇律』や『涅槃経』を漢訳して中国仏教の発展に貢献した」

「ほほう、そのようなすごいことを」

「それから三百年ほどのち、唐代の河南省出身の玄奘三蔵という法師は、二十九歳の時に単独で長安を出発して大印度旅行を敢行し、幾多の困難を克服して十六年後に帰国した。彼は大般若経六百巻など多数の経典を請来し、帰国後は太宗の勅許を得て翻訳事業に専念した。新訳本は以前の旧訳と違って原典に忠実だといわれておる。また入竺一・

求法の大旅行の『大唐西域記』は想像を絶するものだ」

「ははあ。二十九歳というと、お釈迦さまが修行生活に入られた歳だし、私が書写を開始した歳でもありますなあ」

「それは偶然とはいえ、何かの縁じゃのう。そのうち『大唐西域記』もそなたの国に伝わるから読むがよい。こう言ってはなんだが、経典を読むより面白いぞ。あっはは」

「ぜひ読みたいものですな」

「それは一筆一切経をやり遂げてからの楽しみになされい」

「あっ、はい」

そんな会話を高僧と交わしたことも夢のような話です。私は「これで俊芿様にお会いできるぞ」と喜び勇んで帰国の途についたのです。

博多の老僧・劉康が教えてくれた経石があるという湖北省の襄陽は、武漢よりさらに内陸部なので、そこまで見に行くことは諦め、古雲が見せてくれた宋版の経典で浄土三部経を点検することに専念しました。

すると、やはり宋版の無量寿経第十八願には「唯徐五逆誹謗正法」の八文字は無く、また阿弥陀経には「専持名号　以称名故　諸罪消滅　即是多善根　福徳因縁」の二十一文字が多いことを確認したのです。

「この部分を書写する時は、阿弥陀経石に合わせて宋版に従うことにしようか」。そういう思いを固めて建保二年（一二一四）夏、私は無事帰国しました。

俊芿様は、帰国後、栄西に招かれて京の建仁寺に滞在していました。宋から律をもたらした俊芿様の評判は洛中で高まり、やがて「北京律《ほっきょうりつ》」の祖として仰がれ、天皇や貴族ばかりか幕府の要人などに授戒して信仰を集めていくのです。

秋口までは嵐が繰り返し西国を襲うので、玄界灘は荒れ気味でした。晩秋になってようやく葦屋から宗像社の船で上洛しました。

東山三十六峰を仰ぐ建仁寺の境内は広々として、山門から少し入っただけで心が静まるような感じがしました。栄西様は専ら鎌倉暮らしらしく、境内の人の動きも目立ちません。やがて現われた俊芿様は、意外に痩躯《そうく》で頬もこけており、少し弱々しい印象を受けました。異国での厳しい修行に打ち込んだためでしょう。

しかし、その印象は間もなく修正され、「烏眉痩面《うびそうめん》」と自称したとされる表情は、きりりと引き締まっていて、戒律の権威と称えられる高僧ならではのものがありました。

「おう、おう」

私が宋から持ち帰った俊芿様の恩師・北峯宗印の肖像画を手渡すと、その厳しい顔がほころび、しばし画面に見入ったまま何度もうなずいていました。

「ところで、あなたは栄西様の弟だと聞きましたが」と、俊芿様が思わぬことを口にされました。

「えっ、そのような噂があるのですか。とんでもありません」と、思わず両手を広げながら打ち消しました。そして「既にご承知でしょうが」と前置きして、私とは比べようもない栄西様の経歴を述べました。

彼は備中吉備津の生まれで、私よりも十七も年長です。叡山で天台宗を学ばれ、密教にも通じておられたが、さらに研鑽を積まれるため二度も入宋して天台山万年寺の高僧について禅を学ばれました。帰朝後、博多に聖福寺、都に建仁寺を創建されたが、さらに都に真言院・止観院を置いて台・密・禅の三宗兼学の道を開かれました。お茶の効能を説いた『喫茶養生記』でも知られています。

「私の母は藤原氏の出ですが、私は筑前の生まれで兄はおりません。弟が一人いて、宗像社で神職についています」

「ふむふむ」と俊芿様はうなずかれ、そして誰から聞かれたのか、私が一筆一切経に取り組んでいることもご承知で、書写は順調に進んでいるか、経典はそろっているか、不明なことはないか、などと話しかけられました。

「はい、おかげさまでなんとか捗っています。筑前だけでは経典がそろわないので、京はもちろん紀伊、淡路、讃岐、伊予、備後、安芸、長門とあちこち回って見せてもらいました。善財童子が旅したような長い道のりでしたが」と、私は少々顔を赤らめました。

私はそこで、華厳経の入法界品で善財童子が不思議な楼閣から文殊菩薩のもとへ送り出される情景を思い出し、俊芿様に尋ねてみました。

「結局、童子はどのような境地に達したのでしょうか」

「うむ、そこじゃ。漢訳の経典だけでは分かりにくいが、梵語の原典を読み解くと、すべての現象は夢が幻のようなものであり、一切は空であると同時にすべては一つであるというような真理を表しているのではないかと考えられる」

「ははあ」

「仏陀は瞑想状態に入られて一切ことばを発せられなかった。とどのつまり、宇宙の真理と一体になられたということでしょうなあ」

「……」

中国でさまざまな宗派を学んだばかりか、梵語にも詳しいといわれるだけあって、俊芿様の解釈には奥深いものがあるようです。ふと考え込んでしまった私を見て、俊芿様は一筆一切経の話に戻されました。

「それにしても、そなたの取り組んでいる仕事はなかなか根気がいるでしょうなあ」

「いえ、あなた様が渡宋中に学ばれた中身の濃い仏門の道に比べれば、ただ長い時間を費やしただけでして」。私は書写一筋の半生を振り返りながら、気が遠くなるような気がしました。

俊芿様は北京律の権威として高名な方です。せっかくだからと思い、まだ深く習得していない戒律についてうかがうと、俊芿様は維摩経の優波離との問答を引き合いに出して説明されました。

「戒は自発的な面があるが、律は外から規制するところがある。仏教には大乗と小乗があるが、前者の戒律を菩薩戒とか大乗戒、後者の戒律を声聞戒とか小乗戒と呼んでいる。維摩が優波離に言う場面は後者の話で、在家に与えられる戒めには五戒・八斎戒、出家には十戒・六法戒・具足戒などがある。教団の構成員の比丘は、最も完全な具足戒を守ることが求められる。その内容は厳しいものから軽いものまで二百五十もあるが、この話の場合、比丘が犯した戒律は、誰かに告白懺悔すれば許される程度の軽いものだろう」

「優波離は釈尊の十大弟子のひとりで、戒律に精通していて、第一回経典編纂のときは戒律の部分を担当したそうですね」

「うむ。戒律について維摩に誰も尋ねようとしなかった時、優波離は率直に聞いて理解した。そうすることによって、優波離は戒律についての第一人者になったのだ」。俊芿様の話し方は、まるで釈尊の時代の一場面を見るように確信に満ちていました。

さらに「日本では奈良時代に来日した鑑真《がんじん》によって中国式の授戒が始まり、南都の寺院で受け継がれたが、次第に形骸化した。のちに最澄が比叡山に来て天台宗と南都の法相宗との争いになった。最澄の入滅後、比叡山に戒壇院ができるが、やがてそこでも破戒的な出来事が珍しくなくなった」と俊芿様は嘆くのでした。

諸宗兼学の人・俊芿

実は、上京したあかつきには、法然様にもお会いしかったのですが、先に触れたとおり、彼は私が上京する二年前に入滅していたのです。彼から浄土教や戒律のことを聞けないのは残念でした。そこで、俊芿様に尋ねてみたのです。彼は南都律に対する北京律の高僧ですが、近年洛中で評判の浄土教についても詳しそうです。

彼はまず、宋で天台・律・禅のほか浄土教についても学んでいて、こう言いました。

「宋にもいろいろな宗派があるが、諸宗兼学が当たり前で、わが国のように宗派によって互いに争うようなことはない。仏門で世に聞こえた人たちが求めたことはただひとつだからじゃ」

「それは？」

「すなわち、人として真の道を究めることとでもいうか……。というと、儒教も仏教も同じように思われそうだが。まあ、儒教は現世を中心にとらえ、仏教は前世から来世までみようとする違いはある」

「なるほど」。各宗派だけでなく儒教についても広く深く見聞してきた学僧が言うことは明快でした。そして、さきごろ世に出たという法然様の浄土教の骨子『選択本願念仏集』について解説されました。

まず、仏教を聖道門と浄土門のふたつに分け、難解な前者では自力で悟りを開かなければならないという難しさがあるが、後者はただ仏を信じれば浄土に往生できる易行《いぎょう》であり、口称《くしょう》念仏さえすれば阿弥陀仏が往生を約束してくれる。そのためには①至誠《しじょう》心（素直なまことな心）②深心《しんじん》（阿弥陀仏を深く信じること）③廻向《えこう》発願心（浄土に往生したいと願う心）の三心を伴わなければならないという。

「一心に念仏をあげるのが正行となると、経典を書写したり読誦したりするのは雑行になるのですかな」。私がつぶやくように言うと、俊芿様は笑って

「いや、あなたのような立場の僧侶は、書写や読誦に励むのが当たり前じゃ。出家した者ならば観仏、すなわち釈迦や弥陀などの仏身の相好や功徳を思い描くことができるだろうし、またそのように励むのが当たり前だ。しかし、在家の人々に観仏を要求するのは無理というものだ。そのあたりの違いも考慮しなければなるまい。法然様が目を向けていたのは、世の大多数を占める農民、漁民など救われない人々だ。そこが他の宗派と違うし、従来の浄土宗とも違っているのう」

「ははあ」。私は、自分もあまり目を向けてこなかった下層の群像を思い浮かべてため息をつきました。そして、少し間をおいて話題を変えました。

「で、法然様の場合、戒律をどういうふうに考えられたのでしょうか」

「最澄が書いたといわれる『末法燈明記』によると、末法の世の中では持戒も破戒もなく、ただ無戒だとしている。そこで法然が言うには、世の多くの人々は口称念仏を選ぶしかないのだろうと。ただ、念仏に頼るかどうかは、人それぞれだという考え方のようだ。彼自身は叡山での修行以来、厳しい受戒生活を続けたが、在家の庶民には戒律について厳しいことは言っていない」

「ははあ」

「法然は形式的な戒ではなく、往生楽土を願う心の働きを重くみたといえばいいかのう。ただ、そういうふうに言うと、弟子の中には戒を厳しく持った者と、そうでない者が出てくるのは仕方があるまい」

「なるほど」

「心の働きといっても、人の心は揺れ動くもので、あてにはならぬものじゃ」

「はい、そのとおりですな」

「たとえていえば、正しい心というものは、子供のころ遊んだ独楽《こま》か、凧《たこ》のようなものでなあ」

「はあ？」

「独楽は、いつもうまく回ってはくれない」

「確かに」

「凧も風の具合によってはすぐに落ちてしまう」

「そのとおりですな」

「だから、時には心ではなく体を使って独楽を回し続けたり、凧を飛ばし続けたりしなければならぬ」

「すると、心の働きを体で補わねばならぬということですか」

「つまり戒律を体で覚えることじゃ」

「体感ですか。なるほど」

「人間というものは偉そうにしているが、、心で思ったことを現す言葉というものも不確かなもので、なかなか信用できないものじゃ」

「はい」

「仏門に入ると、多くの経典を学ぶことになるが、難しい言葉が書き連ねてあって、果たして真実を伝えているのかどうか。お釈迦様が語った言葉が後世まで正しく伝えられているのか、われわれはしっかり吟味しなければならぬ」

「そうですな」

「それにしても昨今、南都や叡山が提起した浄土宗の問題がどういう決着になるのか、悩ましいことじゃのう」

宋で諸宗兼学の世界を知った俊芿様は、当世の仏教のありようを冷静に見渡しながらもかなり心配しているようです。

法然様の傘下にいた弁長は鎮西派として、証空は西山派として、また親鸞は浄土真宗を立ち上げていくようですが、決して平坦な道ではないでしょう。

宗像社は古くは天台宗と関係があったようですが、空海が屏風山に奇瑞を見たり、皇鑑が鎮国寺を創建したりして神宮寺から大日如来などが移管されると、真言宗に近くなりました。とはいえ天台、禅、浄土など他宗にもあまりこだわってはいません。これからも、俊芿様の考え方を反芻しながら一筆一切経に取り組み、宗像地域の人々のために尽くしていきたい。東山連峰を背にして歩きながら、私は今後のことを考えたものです。

宗像にも正法寺建立

上京して各地を回りながら宗像に帰るまで数年かかりました。その間に、俊芿様には意外な経過があったようです。

それは、建保五年(一二一七)、中原(宇都宮)信房という頼朝に近い関東武者との出会いでした。彼は、頼朝に背いた叔父の志田義弘を宇都宮一族とともに討ち、その功によって近江善積荘を領しました。さらに、鬼界島での平家の残党の追討でも功績を認められ、豊前国の平家没官領の地頭になっています。建久六年には同国の守護職に補されています。

その年、俊芿様は信房の要請で弟子数名を連れて豊前国へ西下し、この地頭を出家授戒。法名を道賢としました。翌年、信房は俊芿様に京の東山連峰を仰ぐ仙遊寺を寄進したのです。そして、泉が涌くその寺を復興して泉涌寺《せんにゅうじ》と改称し、台・密・禅・浄土の四宗兼学の道場にしました。

その間、宗像社の本家職は鳥羽天皇第三皇女の八条院から春華門院、さらに順徳天皇へと変わりましたが、天皇が幼少のため建久九年（一一九八）から院政を開いていた後鳥羽院が支配していました。

その後、鎌倉幕府の将軍・源頼朝、頼家、実朝は相次いで不慮の死を遂げました。北条氏が実権を握る時代になり後鳥羽院は承久三年（一二二一）、幕府打倒の院宣を発しました。三代将軍・源実朝の暗殺で将軍家が断絶したのを好機とみたのです。承久の乱です。しかし、幕府は尼将軍・政子が先手を打って宮方を破りました。後鳥羽院は隠岐島へ、順徳天皇は佐渡島へ、土御門上皇は土佐国へ流されます。

当時、曲折はありましたが、宗像社の大宮司・氏国は幕府方として戦い、職を安堵されています。周辺の小地頭には宮方についた者もいましたが一掃されました。

その後、宗像周辺の小地頭についた一人は、大和入道とも呼ばれた宇都宮信房だったのです。この乱で鎌倉方として宇治川の合戦などで活躍した恩賞とみられます。所領は宗像郡の高向・無留木・宮田でした。

このころ宇都宮総領家を継いだのは六代泰綱で、母は北条時政の母であり、二人の息女は北条に嫁がせて、執権・北条泰時とは固い絆で結ばれていました。信房の父・宗房は、関東下り衆で、鎌倉時代以降、豊前国に多くの地頭職を持ち、土着していました。他に筑前国遠賀郡の山鹿荘・麻生荘にも所領があり、同国の垣崎荘も手に入れていました。

垣崎荘は葦屋から波津にかけて松原が広がる海岸で、そこから孔大寺山と湯川山の間を越えると宗像の高向に出ます。北条氏一門と親しい宇都宮氏を宗像社領内の小地頭に任命したのは、将軍家が宗像大宮司家を牽制しつつ、関東水軍の雄・三浦氏を警戒したのではないか、と氏国たちはみています。

しかし、宇都宮信房は高向などの小地頭職を断ってしまいます。その所領は将軍家のものとなり、宗像社は関東御祈願所になって、結果的に社会的権威を高めたのです。

実は、泉涌寺を開いた俊芿様に帰依した人物は、宇都宮信房の他にも後鳥羽院、後高倉院、北条政子、北条泰時など数多くいたのです。それだけ北京律を究めた人物という評判があったのでしょう。ただ、承久の乱で敵対した宮方と将軍家の両者に授戒した俊

芿様の立場は、微妙なものがあったにちがいありません

その後、私は再び俊芿様とお会いすることになりました。というのは、俊芿様の弟子二人を渡宋させたいので便宜を図ってほしいという書状が届いたのです。私は博多の老僧・劉康を通して宋船の綱首に依頼し、まもなく泉涌寺から俊芿様に連れられてきた弟子の思斎と幸命を宋船に乗せてやったのです。すると、そのお礼だと言って、俊芿様は私に寺を開いてくださるというのです。

「そのようなことは……」と遠慮したのですが、俊芿様の意思は固く、宗像の湯川山から連なる四塚の山並みを遠望して適地を探しました。結局、四塚の最南端にある蔦ケ岳（城山、三六九メートル）の山腹を切り開き、真言宗の寺を開基しました。その名は、かつて俊芿様が肥後国の小代山に建てられたものと同じ「正法寺」です。

「名義はわしのものにするが、貴殿の好きなように使えばよい」。いまや洛中ばかりか鎌倉幕府でも評価の高い名僧は、眼下に広がる田園を眺めながら顔をほころばせました。

私は上洛後、しばらく滞っていた書写活動を正法寺などで再開しました。晩年に入り、宗像社の社僧としての日常的な仕事は若い者に任せ、一筆一切経の作業に専念することができました。

一筆一切経ようやく完成

一筆一切経の完成に近づいていました。ただ、思うことがあって、嘉禄元年（一二二五）から三年余りの間に、再び五部経に取り組みました。すなわち華厳経、大集経、法華経、摩訶般若経、涅槃経です。

これらはお釈迦様の教えの集約といえるもので、私が書写を始めた時に取り組んだものでした。なぜ二度も書写することにしたのか、と校合役の僧・定心が訝るのも無理はありません。最初に書写した五部経の奥書は、堂達法師の宗盛と私の妻を願主としていました。

堂達というのは、七つある僧侶の役割のひとつで、法会の時、導師に願文を渡す役僧です。同じ名前の宗盛といえば、壇ノ浦の合戦で義経に生け捕りにされ、いったん鎌倉の頼朝の前に引き立てられる総大将です。頼朝は宗盛を許さず結局、京に戻す途中、近江の篠原というところで殺害します。その首級は京の市中でさらしものにされます。平家の総大将に対する最もひどい刑でした。

宗像社の堂達法師の宗盛は、平家の総大将よりやや年上ですが、彼は自分の名を誇りに思い、座主の私が一筆一切経に専念していたために、座主の代理のような務めを果たしてくれた人物でした。二度目の五部経の書写の際は、亡くなった堂達法師と私の妻女（羅阿弥陀仏）の追善に変えました。

師の良印様が生前おっしゃっていたことですが、弘法大師・空海は唐から帰ったあと三年間、なぜか大宰府に留まっていました。その間、大宰府の副官・大宰少弐の亡母を弔うために「願文《がんもん》」を書いたそうです。願文とは、法会でその趣意を述べ、廻向の祈願をすることです。それは彼が唐で会得した密教の方式に則り、千手観音を中心にした曼荼羅を描いたほか、法華経と般若心経を書写して丁重に供養したものでした。

私は空海に倣って堂達法師と亡妻のために何かしようと考え、曼荼羅は描けませんので、二度目になりますが五部経書写に取り組んだのです。それが最後の書写になりました。

最も身近な二人が亡くなったあと、上洛するため宗像社の船で壇ノ浦から瀬戸内を経て旅する時、そしてまた西下にする時に感じたことは、広大な空と海の間に移りゆく人の世のはかなさでした。栄華を極めた平家は滅び、戦乱で勝った源氏も三代将軍・実朝で絶えてしまい、北条氏が執権として統治する時代になります。源平ともに百年ほどの命脈で亡び、時代は大きく変転していきました。

最後の長旅では、備後国の立毛泊、讃岐国の馬歯、淡路国の島津、治島、紀伊国の比位泊などの各地を回りました。紀伊国では、名僧といわれる明恵上人高弁にお会いしたかったのです。彼は仏の道を志すためには五感に惑わされてはならないと考え、右の耳を切り落としたという。また、お釈迦様の時代に生まれなかったのが悔やまれ、せめて天竺に渡りたいと願ったと聞いています。

晩年は後鳥羽上皇から賜った京の栂尾山《とがのお》の高山寺に籠って華厳宗の道場を開いたり、法然様の浄土宗を論破した『摧邪輪《さいじゃりん》』を撰して厳しい戒律を説いたりしたと伝えられ、なんとも近づきがたい存在でもあります。ただ、彼が信条とする「あるべきやうに」という生き方は、出家であれ在家であれ、世の人々が素直に受け入れられるものだと思います。

明恵上人は、承久の乱では官軍方についたわけではありませんが、北条方に引き立てられた時は、境内に落人があれば見逃す慈悲が無くて済むものかと開き直り、将軍・北条泰時が謝ったという逸話もあるそうです。

ところで、建暦二年（一二一二）に八十歳で亡くなられた法然様は、東山大谷の草庵の地に葬られて墓堂も建てられました。その大谷墓堂は専修念仏者の溜まり場になって、北嶺側の憤懣の的になっていたそうです。法然様は生前、寺院を建立する意思はなかったそうですが、そこがのちに知恩院になるのです。

嘉禄三年（一二二七）、延暦寺の衆徒が大谷墓堂を破壊しようとしたので、信空など洛中洛外の門弟たちが法然様の遺骸を嵯峨の二尊院に運び出しました。それでも探索されて危ないので、遺骸を太秦《うずまさ》・広隆寺の円空の房に移しました。円空は法然様の弟子・証空の門弟です。

翌年正月、法然様の十七回忌の祥月命日には遺骸を西山の粟生野《あわうの》の幸阿弥陀仏の許に渡し、茶毘《だび》に付しました。茶毘所の後に御墓堂が建てられ、それが浄土宗西山派の本山・光明寺となったのです。

法然様の遺骨は幸阿弥陀仏が預かっていたのですが、湛空は貞永二年（一二三三）幸阿弥陀仏の所へ向かいました。しかし、幸阿弥陀仏は御骨を庵室の塗籠《ぬりごめ》に深くおさめて鎮西に下向したそうです。そこで湛空は奪うようにして遺骨を持ち出し、二尊院の宝塔に安置したと伝えられています。

その後、鎮西に下った幸阿弥陀仏は、響灘に面した宗像の鐘崎に浄土宗西山派の泉福寺を開基したといわれています。彼はなぜ宗像に来たのでしょうか。私は彼と会う機会はなかったので、確かなことはいえませんが、宗像社の阿弥陀経石を拝見したかったのだと思います。

先に弁長から指摘してもらいましたが、この経石の阿弥陀経には世間に流布しているものより「阿弥陀の名号を唱えると生前の罪が消えて善根が生じる」という二十一文字が多いのです。そのことは、法然様の『選択本願念仏集』にも書かれているそうです。おそらく法然様は、中国襄陽・龍興寺の石刻の阿弥陀経について述べた王休日の『龍舒増広浄土文』の文献を見て知っていたのでしょう。

宗像社の阿弥陀経石のことは都にも伝えられていて、幸阿弥陀仏はそれを確認するために宗像へ下向したのだと思われます。なお、ずっと後世の話ですが、阿弥陀経石の模刻碑が都の知恩院と東山の小松谷正林寺に建てられたそうです。また、書写の底本になった宋版一切経は、京都の知恩院に移されているということです。

ところで、災難が続く浄土宗の中で、先に鎮西に下っていたので幸い「建永の法難」にも遭わなかった弁長は、その後どうしていたのでしょうか。

風の便りによると、彼は筑後の山本郷で草野氏という大檀那の支援を得て、建久三年(一一九二)に光明寺を開基しています。これがのちの善導寺です。

博多にも善導寺を建立したそうで、その「縁起」には、とても伝説めいた話があります。専修念仏に対する弾圧から法然様の入滅まで相次ぐ悲報に接していた弁長は、法然様の四十九日、それは善導大師忌の前夜でもあったのですが、彦山で念仏の宣布にあたっていました。すると夢の中に「唐の沙門善導」が現われ、博多の津に着いたのですぐ迎えに来い、と言うのです。

港に急ぎ駆けつけてみると、中国帰りの船の船主の話では、乗せてきた僧は松原の方へ行ったというのです。松原の中を探しても誰もいませんでしたが、大樹の下に一体の木彫像がありました。弁長はその木彫像を持ち帰って供養し、寺名を光明山悟真院善導寺に改めたのでした。

それ以来、弁長は筑前筑後から肥後にまで多くの寺院を開基して鎮西浄土宗を広めていきました。その名も聖光上人とか鎮西上人と呼ばれるようになりました。都では浄土宗に対する弾圧が続き、「嘉禄の法難」以後、法然門下の主だった者は散りじりになりましたが、弁長は後継者の良忠から浄土宗の二祖とまでいわれるようになったのです。

心の音を聞く観世音菩薩

私は七十歳で一筆一切経の書写を完了しました。後世の学者は、私が五千巻もの一切経を四十年かけて書写したのを単純に計算して、平均して三日に一巻、一日に千六百五十字書いたと驚いています。しかし、渡宋や上洛など旅の途中は空白の期間もあります。時には旅を続けながら、机がわりの板を首にかけて書写したこともあります。そんな苦労も懐かしい思い出です。その後は、なんとも全身の力が抜けたような日々を送っていました。一心不乱に書写したものが世の中のために役立っているのか、果たして末法の世はどうなるのかという思いを老いの身にひきずっていました。

ある日、久しぶりに宗像社の僧座をのぞいてみると、女弟子・苑の姿がありました。

「あ、法師様、ちょうどよかった」と微笑みながら彼女が近づいてきました。

「どうしたのじゃ。そちがくれた料紙のおかげで書写は達成できたが……」と言うと

「ほかでもありません。博多から蝉西という若い僧が来て、小豆と砂糖を法師様に差し上げて、と」

「ほほう。で、蝉西はどこに」

「いえ、ちょっと渡津の唐房に寄ってくると言っていました」

「そうか。久しぶりに会いたかったのにのう」

「はい、蝉西もそのように申しておりました。また近いうちに来るそうです。何かお尋ねしたいことがあるとか」

「どのようなことかのう」

「真の道を究められたら、長々と経典を読んだり書いたりしなくてもいいのでは、とぶつぶつ言っていました」

「はあ？」

「毎日の読経や書写のお勤めが辛いということらしいです」

「そうか。若いうちにはそういう思いがするものじゃ。ははは」

「あら、お師匠様もそうでしたか」

「むむ」。私は思わず伸びたあごひげをかいてしのぎました。すると、苑は話を変えて
「あのう、年末にあちこちからいただいたお餅がありますから、ぜんざいでも作りましょうか」と言った。

「いや、ぜんざいは蝉西が来た時でよい」

苑は、ほかにも用事があるらしく、もじもじしている。

「どうしたのじゃ、そなたも何か聞きたいことがあるのか？」

「あ、はい。お師匠様は長年一筆一切経を書写しておられましたが、筆を執られている時は、その経文の内容についていろいろ考えることがおありですか？」

「うむ、本来は経典の中身をかみしめながら書き進めなければならないのだが、筆を止めて考えたりしていると、死ぬまでに書写が終わりそうもないのでなあ。いつも坦々と書くことにしているのじゃ」

「でも、時にはお経に書いてあることの意味に感じ入ったり、疑問を持ったりすることがあるのでは？」

「それは時々あるのう」

「例えば、どのようなことですか」

「うむ、そうじゃなあ。善哉童子の求法の物語『華厳経入法界品』のはじめに登場する毘盧遮那世尊は、全く言葉を発せられない。世尊が獅子奮迅三昧に入られると、祇園精舎を包む広大な林はさまざまな荘厳に飾られる。そこへ多くの菩薩が集まると、世尊は眉間の白毫から光明を放って十方の仏国土を照らし出し、菩薩たちにさまざまな三昧を通して仏の不思議な世界を経験させる。そうして童子の旅が始まるのじゃが、このお経のどこにも世尊が発する言葉がない。つまりすべて三昧中の出来事なのじゃ」

「それはどういうことなのでしょうか」

「そこじゃ。ひとことでいえば『空』という境地らしい。華厳経そのものの中には出てこないが、中国華厳宗を起こした法蔵の造語だといわれる『一即一切、一切即一』、つまり一つがすべてであり、すべてが一つであるという宇宙観じゃなあ」

「はあ。なんとも夢・幻のような世界ですねえ」

「一筆一切経に取り組んでいても、なかなかそのような境地には達しないのう」

「あら、そうですか」。苑は少し首をひねっていましたが、やがて別のことを尋ねました。

「では、お師匠様が一番お好きな経典は何ですか」

「そうじゃなあ。わしは観音経が好きじゃ」

「観音経は『法華経』(妙法蓮華経)の第二十五章『観世音菩薩普門品』のことですね」

「そうじゃ。その冒頭には、観音様つまり観世音菩薩(あるいは観自在菩薩)は、この世のすべての衆生のあらゆる悩み、広くいえば声を聞いてくださるので、一心に称名すれば解脱できると書かれている」

「はい」

「観音様は、そのために仏の世界とわれらの迷いの世界を自由自在に行き来し、結んでくださるお方で、それができるのは無我・無心だからだという」

「はい。分かりやすくいえば、子供の願いに応えてくれる優しい母親のような存在ですか」

「そうじゃ」

「お師匠様のお母様は、とても優しい方だったと聞いています」

「そのとおりじゃ。優しい声の持ち主じゃった」

「観音経も最後の段で、観音様の妙音、観世音、梵恩、海潮音、世間音という五音が優れていると説かれています」

「うむ。観音様は、人の心の音を観る菩薩なのじゃ。耳に聞こえる音ではなく、声なきところに声を聞くのが観音様じゃ」

「はい。ところで末尾の阿耨多羅《あのくたら》三藐三菩提《さんみゃくさんぼだい》を発せり、とは？」

「梵語の音写語を漢字にしたもので、お釈迦様が観音経をお説きになった時、それを聞いていた多くの衆生が最高の悟りを得たという意味じゃ」

「ただ、法華経のすべてはもちろん、観音経だけでも長文なので、毎朝読誦するのは大変です」

「毎朝なら『観音和讃』を拝読すればよい。観音様は、生きとし生けるものに応じて姿かたちを変えて現われてくださるというからのう」、「分かりました。ありがとうございます」と、苑は手を合わせて私を拝みました。そして「あ、それから」と、思い出したように言葉を発しました。

「蝉西は別に一人の仏師を連れて来ました。そのお方は今、神宮寺の大日如来像など五仏を拝観しておられます」

法師、裸形着装像になる

私を訪ねて来たのは栄範という宋帰りの勧進僧でした。会ってみると、僧というより職人肌の風采で、あごひげを蓄えて歳より老けてみえます。一筆一切経が完成したという噂を博多で聞いたらしく、何やら思いついたことがあるという。それは意外なことでした。彼は開口一番、こう切り出したのです。

「法師さまのお姿を木造りの坐像にして後世に残したい」

「めっそうもない。私は生身の人間じゃ。仏像や高僧のようにあがめたてまつられるような存在ではない」

すると、栄範は膝を乗り出して言うのです。

「いえ、四十年もかけて世にも稀な一筆一切経を成し遂げた方は他に居ません。偉業に取り組んだ法師様のありのままのお姿を再現したいのです。坐像には法衣を着せて数年に一度縫い直しましょう。お顔は少し斜めに向けて誰かに話しかけているような表情にします」

「そのような裸形着装の坐像は見たこともないが……」

「実は中国には例があります。実物を見たわけではありませんが、あの『三国志』には後漢時代に銅造りの人物像に金を塗り、錦の衣を着せた例があるそうです。また、平安時代に入宋した天台宗の僧・成尋《じょうじん》は、着装像を見た三つの例を書き残しています。特に首都・開封の寺院で見た二人の異僧の裸形着装像は、面貌や指先の表現など生々しい迫真性に満ちたものだそうです」

「そうか」。私は困惑しました。

「ただ、坐像を造るのは簡単ではあるまい。わしは毎日、経典を読んだり説教したりして、いっときもじっとしていないぞ」

「それは構いません。こちらも制作にじっくり取り組みますから」

栄範は、少しもひるむ様子がない。その時、二人の会話を聞いていた苑が割って入りました。

「あのう、私は衣装を縫うのが得意です。坐像を纏う法衣は私が縫って差し上げます。色あせたりしたら何度でも作り直しましょう。帽子、襦袢《じゅばん》、袈裟、襟巻き、それに両手にかける数珠も用意します」

「そこまで話が進むとは、いやはや」

結局、私は坐像制作を任せることにしました。

数日後、仏師・栄範は弟子を一人連れて来て坐像の制作を始めました。まず、私を座布団に座らせて大きな紙に素描を書きました。正面だけでなく、左右や背面も工に描きました。それだけでも数日かかりました。

裸形の坐像は木造りですが、頭部と体幹部は桧などの針葉樹を使い、その他の部分には樟材にするという。

坐像は右足を上にした半跏趺坐で、姿勢は少し猫背で首を突き出したようにする。目は玉眼ではなく彫眼にしてやや左下前方に向け、誰かに話しかけているようにするという。手は胸の前で数珠を手繰るような姿です。

着装像なので、迫真的に見えるのは顔や手だけにする。それだけだと見た目には痩せ型に見えても、法衣などを身にまとうと全体的には自然な感じになるようにするという。また、着脱しやすくするため、腕の肘の接合部は工夫が必要らしい。

後日、蝉西が来て仏門のことを聞きたがるので、話し込んだことがあります。その時、私が蝉西に語りかける様子を見ていた栄範が筆をとり、障子紙一枚に巧みに捉えてくれ、坐像の参考にするという。

栄範が弟子と二人係りで彫り始めた坐像は、顔の表情や手足の付け方などに手間がかかりましたが、意外に順調に制作できているようです。

ある日、お勤めに疲れて経所の縁側で一服していると、苑がおずおずと入ってきて言いました。

「お師匠様、私の髪を全部切ってください」

「何？」

「正式に尼になって、最後までお師匠様のおそばに仕えたいのです」

もう十数年間、苑の真面目な修行のありように接してきたので、彼女が尼になることに異存はありません。ただ、その黒髪をすべて切って落とすのはためらわれます。

するとと苑は
「もう覚悟はできています。明日にでも剃髪式をしたいので、よろしくお願いします」

と、口元を固く結んでいます。

その時、博多から渡津経由で来たという蝉西が経所に現われました。私と栄範と苑のただならぬ様子にポカンとしています。

「あら、これからぜんざいを作りましょう」と苑が立ち上がりました。

「失礼します」と、改まって経所に正座した蝉西を前に私は聞いた。

「どうした。何か尋ねたいことがあるとか」

「はい。私は大唐街の老師・劉康が亡くなったあと、博多の聖福寺で修行の日々を送っています」

「ほう、それは感心なことじゃ」

「いえ、あの寺は栄西様が創建されたところで、同じ西という名の縁で劉康様が入門するように事を運んでくださっただけです。禅寺での座禅は我慢できますが、公案の難題には閉口しています」

「ははは。で、何か宿題でも抱えているのかな」

「いえ、最近、いろいろ思い悩むことがありまして」

「どのようなことかな」

「はい。人間、最も大事なことは真の道を歩むことだと思います」

「ふむ」

「臨済宗では、無位の真人とか、無依の道人とかいう表現がありますが、要するに何にもこだわらず、あるがままに真っ直ぐ生きよ、ということでしょう」

「うむ」

「そうすることができれば、五千巻もの一切経を学んだり、読誦したり、書写したりしなくてもよいのではないかと思うのです」

「あはっ、おぬしがそう思うのはもっともじゃ。わしも若いころ、そんなことでくすぶっておったわい。しかし、そういう安易な考えは、まだ修行が足りぬからだ。誰しも真の道を行くのは簡単ではないのじゃ。分かるかのう」

「はあ」

「そこで、世の人々にその道についてあれこれ言って聞かさなければならない」

「はい」

「そのために、お釈迦様の弟子やら、はたまた中国の高僧が、いろいろと解釈したり言い換えたりした。それが海を隔てたこの国まで伝わっている数千巻の経典なのじゃ」

「はい、それはそうですが」

「ただ、言葉というものは、言いたいことを人から人へと伝える便利なものじゃが、それがなかなかうまくいかない。数百年の間に遠い国から伝わって来た経典の中身が正しいものかどうか。他国の言葉に言い換えられてうまく通じているのかどうか。わしらの国に伝わってからもさまざまな宗派によって解釈されているが、どれが本当の教えなのか。よく見極めなければならぬのじゃ」

「はい」

「わしらのように筑前の片隅で仏門に携わる者も、一切経をしっかり学んで、正しいお釈迦様の教えを受け継がねばならないのじゃ」

「はい」

「とにかくお釈迦様は大無量寿経の中で絶対的な決意を明らかにされているのだからのう」

「それは？」

「うむ。いわゆる四十八願の誓いじゃよ。国中の人びとが悟りを得ないならば、正覚あらじ、すなわちお釈迦様も仏にならない。また、一切の生あるものが至心に信楽し（信じて喜び）、浄土に生まれようと欲して、わずか十声の念仏でも称えた人を救えないならば、仏とはならない、とお釈迦様は誓われているのだ」

「ははあ、この世のすべてを背負われた大願ですね」

「そうとも」

「それで法華経の阿耨多羅三藐三菩提心、つまり正しい悟りに達せよという結語につながるのですね」

「そうとも。そして大乗仏教が説く菩提心は大慈悲心から生ずるのじゃ」

「何よりも大慈悲心を大事にしなければならないのですね」

「うむ」。どうやら蝉西は納得したようです。

「ところで、おぬしは博多の大唐街の路地に捨てられた赤子だったのを、劉康様の娘さんに拾われて育てられた、と聞いた」

「あ、はい」

「わしが渡宋の縁でお会いした俊芿様というお方も、生まれて間もなく道端に捨てられたが拾われ、仏門に入って一心不乱に勉学にいそしみ、不可棄という号を持つ立派な律師になられた。そなたも俊芿様のような名僧をめざして、一所懸命に修行してくれ」

「……」。蝉西は返す言葉もなく、正座したまま上目使いに私を見ていました。

その時、苑が神官の弟・兼久たちを引き連れ、鍋とお椀などをそろえてやって来ました。

「ぜんざいが出来ましたよ。難しいお話は、ひとまずおいて、さあ、めしあがれ」

………。

なぜか、私の記憶はそこで途切れてしまいました。皆でぜんざいを食べたあと、蝉西たちといろいろ会話を続けたはずですが、いつの間にか、私の頭は朦朧《もうろう》となってしまいました。

それが寿命の切れる徴候だったのでしょう。いつの間にやら、私は経所の奥の部屋に寝かされていました。数日の間、苑がほとんどつきっきりで看病してくれました。神官の仕事の合間に、弟の兼久ものぞいてくれました。

ある日のこと、寝床でうたたねしていると

「宗像社の近くで、鞠《まり》つきの子供たちがこんな歌をうたっていましたよ」と、苑が耳もとでささやきました。

つくつくほうし
つくほうし

書き尽くしたよ五千巻
大願成就の四十年
どこのどなたが
書いたのさ
お国は筑前宗像の
色定法師と申します
つくつくほうし
つくほうし
不屈の法師を
知っとーくーれ
せーのせ

きっと、苑が歌を作って子供たちに教えたのでしょう。夏の終わりに鳴くツクツクホウシの季節も終わった秋のことでした。一切経の書写に四十年をかけた私の旅は、こうして終わりました。仁治三年（一二四二）、享年八十四でした。

この国であまり例のない裸形着装像は、どんな出来栄えなのか、はたまた、私の一筆一切経がどのように生かされるのか。多くの名僧が登場した鎌倉時代に、末法の世は果たして治まっていくのか、ますます混乱するのか。また、その後の時代は……。

私は裸形着装像のまま、世の動きを見守ることしか出来ないのでございます。

（完）

付記

色定法師が書き上げた一筆一切経は後年、宗像大社（福岡県宗像市）の近くに建立された興聖寺の所有するところとなった。その後、一部は水害などのため紛失したものの、約四千三百巻が残されている。「色定法師一筆一切経」は、宋から送られて来た阿弥陀経石と共に国の重要文化財に指定。世界遺産「『神宿る島』宗像・沖ノ島と関連遺産群」の構成資産の一つである宗像大社辺津宮境内の神宝館に、法師の坐像（福岡県指定文化財）と共に保管、展示されている。ただ、一筆一切経に書写された浄土三部経と、阿弥陀経石に刻まれた経典は同じなのか、異なっているのか。その点、『阿弥陀仏経碑の謎』で原田大六氏が指摘しているが、浄土三部経を書写した巻物は残されていない。阿弥陀経石との対比研究ができないのは残念である。

【主要参考文献】

阿弥陀仏経碑の謎（原田大六著　六興出版）
飯塚市史・上（飯塚市史編纂委員会編　飯塚市）
一切経一筆書写僧・色定法師考（岩井英司作　同人誌「群青」5所収）
栄花物語（松村博司・山中裕校注　岩波書店）
絵巻で読む中世（五味文彦著　ちくま新書）
往生要集1、2（源信著　石田瑞麿訳　東洋文庫）
鎌倉新仏教の研究（今井雅晴　吉川弘文館）
鎌倉仏教の思想と文化（中尾尭著　同）
鎌倉仏教成立の研究―俊芿律師（石田充之編　法蔵館）
空海入門（竹内信夫著　ちくま新書）
愚管抄（慈円著　岡見正雄・赤松俊秀校注　岩波書店）
華厳入門（玉城康四郎著　春秋社）
古代日本の国家と仏教（田村圓澄著　吉川弘文館）
今昔物語集3（山田孝雄ほか校注　岩波書店）
沙石抄（無住一円著・藤井乙男編　文献書院）
俊芿が建立した二つの正法寺（岩井英司作　同人誌「群青」6所収）
浄土三部経（中村元ほか訳注　岩波文庫）
浄土仏教の思想5、8、10（牧田諦亮ほか著　講談社）

新訂方丈記（市古貞次校注　岩波文庫）
新・仏教辞典・増補（中村元監修　誠信書房）
大日本史料５編３（東大史料編纂所編　東大出版会）
旅の勧進僧重源（中尾尭著　吉川弘文館）
南無阿弥陀仏（柳宗悦著　岩波文庫）
日本の写経（大山仁慶ほか著　京都書院）
日本仏教史３鎌倉時代（田村圓澄著　法蔵館）
日本仏教史入門－基礎史料で読む（山折哲雄ほか編著　角川選書）
日本の歴史５、６（五味文彦・本郷恵子著　小学館）
日本の歴史をよみなおす（網野義彦著　ちくま学芸文庫）
日本霊異記（中田祝夫校注・訳　小学館）
仏教（渡辺昭宏著　岩波新書）
仏教史周辺（田村圓澄著　山喜房佛書林）
平家納経－清盛とその成立（小松茂美著　中央公論美術出版）
別冊太陽「名僧でたどる日本の仏教」（末木文美士監修　平凡社）
同「東大寺」（西山厚監修　平凡社）
法然上人絵伝（大橋俊雄校注　岩波文庫）
法華経を読む（鎌田茂雄著　講談社学芸文庫）
明恵上人伝記（平泉洸全訳注　同）

宗像遺産・文化遺産編（西谷正監修　宗像市）
宗像興聖寺の色定法師坐像（井形進　九州歴史資料館研究論集27所収）
宗像市史（宗像市史編纂委員会　宗像市）
新修宗像市史（新修宗像市史編纂委員会　同）
宗像郡誌・下（伊東尾四郎編　名著出版）
維摩経（石田瑞麿訳　東洋文庫）
梁塵秘抄（新間進一校注・訳　小学館）
臨済録（入矢義高訳注　岩波文庫）

あとがき

一筆一切経を達成した色定法師は、経典を求めて実際に当時の中国・宋に渡ったのか。今年刊行された『新修宗像市史』も、法師の渡宋については断定していませんが、本書では渡宋説を採用しました。

筆者は福岡県宗像市の世界遺産「『神宿る島』宗像・沖ノ島と関連遺産群」のガイダンス施設「海の道むなかた館」で、地域学芸員としてボランティアを十年近く務めました。その間、色定法師の生涯に心動かされて諸資料を渉猟してきました。物語を作り上げるために、やむを得ずいくつかフィクションを織り交ぜました。特に主要人物に登場してもらい、法師との出会いを描きました。弁長、俊芿、重源などの名僧のほか、苑という尼僧や蝉西という小僧にも出てきてもらいました。そのほか、もっと具体的に描きたかった人物としては、宗像社に嫁いだ宋人の血を引く女性たちがいますが、筆者の乏しい想像力では手が届きませんでした。色定法師の活動は、彼女らをはじめとする宋人の支援がなければ考えられません。

いずれにしても、一地方の僧侶が一筆一切経を成し遂げ、それが今日まで遺産として継承されていることは、もっと世に知られてほしいと思います。それは故田村圓澄・九州大学名誉教授が生前、強調されていたことでもあります。鎌倉時代にこのような不屈の法師がいたことを、一人でも多く受け止めていただければ幸いです。

最後になりましたが、無信心に近い筆者にとって、「海の道むなかた館」（西谷正館長）や宗像大社をはじめ関係の皆様、および元同人誌「群青」の師友・岩井英司氏のご協力がなければ、この作品はあり得ませんでした。ここに厚く御礼申し上げます。

著者略歴
大垣堅太郎（おおがき　けんたろう）
1941 年　台北市生まれ。
1963 年　九州大学文学部卒。　元毎日新聞 記者

宗像大社の社僧
色 定 法 師
生涯 40 年かけて一切経五千巻を書写
ISBN978-4-434-33841-0　C0093

発行日　2024 年　5 月　15 日　初版 第 1 刷
著　者　　大垣　堅太郎
発行者　　東　　保　司

発 行 所
櫂歌書房《とうかしょぼう》
〒 811-1365　福岡市南区皿山 4 丁目 14- 2
TEL　092-511-8111　FAX　092-511-6641
E-mail:e@touka.com　http://www.touka.com

発売元　星雲社（共同出版社・流通責任出版社）